海のなかの観覧車

Ferris Wheel in the Sea

菅野雪虫
Yukimushi Sugano

講談社

海のなかの観覧車

菅野雪虫

目次
Contents

第1章 あるはずのない記《き》憶《おく》

第2章 あったはずの未来

「王さまのおひめさまの運命は、十五歳《じゅうご》になると、紡錘《つむ》に刺《さ》されて、ぶったおれて死ぬことだよ」と、声を張《は》りあげました。そして、それぎり一語《ひとこと》も言わず、ぐるりとうしろを向いて、大広間を出てしまいました。

みんな、ぎょっとして恐《おそ》れおののいているところへ、十二人めの女があらわれました。この女は、まだじぶんの祈願《ねぎごと》を言わずにいたのですが、この不吉《ふきつ》な呪《のろ》いをとりのけるわけにはいきません、その力をやわらげるだけのことしかできないので、

「王さまのおひめさまは、死ぬのではない。一百年《いっぴゃくねん》のあいだ、死んだようにねむりつづける」

と言いました。

岩波文庫《いわなみぶんこ》・完訳《かんやく》グリム童話集《どうわしゅう》(二) 訳・金田鬼一《かねだきいち》「野《の》ばら姫《ひめ》」

第1章

あるはずのない記《き》憶《おく》

1 祝福の手紙

七月に入ると、教室の話題は夏休み一色になった。

今年の終業式は七月十九日。ぼくの誕生日《たんじょうび》だ。といっても築《ちく》三十年の２ＤＫに住む母子家庭の中学生に、そんな特別なことがあるわけもない。

「誕生日のプレゼントは何がいい？」

とお母さんに聞かれても、高いゲームやスマホはどうせ買ってもらえないとわかっている。

だから毎年、

「じゃあお小遣《こづか》いプラスしてよ」

と言うことにしている。

中一のときは三千円、中二の去年は五千円もらえたから、今年は七千円くらいか。もしかして一万円なんかもらえたら夏休みはかなりリッチになるけど、最近お母さんは調子が悪くて自然食品店〈ぐりーんふぁーむ〉のパートを休みがちだから、せいぜい七千円……いや、去年からの据《す》え置《お》きの可能性《かのうせい》もある。それはキツいな。

今はこんなだけど、小さなころ、ぼくの誕生日はいつもゴージャスだった。

燃料会社《ねんりょうがいしゃ》の社長だったお父さんとお母さんが離婚《りこん》する前のぼくは、なかなか裕福《ゆうふく》な家庭の子どもだったのだ。

かすかに覚えている広い芝生《しばふ》の庭と大きな家。そして誕生日は毎年、行きたいところに行かせてもらえた。三歳《さい》はディズニーランド、四歳はディズニーシー……そして年長の六歳は母子家庭になった後だから近場の動物園。でも、けっこう楽しかった。

ぼくは記憶力《きおくりょく》がいいほうなので、それらはすべて覚えているしアルバムに写真も残っている。でも、なぜか幼稚園《ようちえん》の年中組、五歳の誕生日だけ写真がない。

そして何も思い出せない。

「五歳の誕生日、どこに行ったんだっけ?」

お母さんに聞いたことがある。お母さんは少し間を置いて目をそらし、

「どこにも行かなかったわ」

と言った。

「どうして?」

「透馬《とうま》が麻疹《はしか》だったから、どこへも行けなかったのよ」

「はしか?」

「そうよ。すごく熱が出て大変だったわ」

麻疹《はしか》ってなんかブツブツができるやつだっけ？

ネットで調べると、体中真っ赤な発疹《ほっしん》でびっしりおおわれた子どもの写真がいっぱいでてきた。さらに高熱が出るというから、これは確《たし》かにどこへも行けないな。

そういえば大きな病院に行って、たくさんの検査《けんさ》をして、たくさんの質問《しつもん》をされた記憶《きおく》がある。でも、こんな発疹や熱が出たことは全然覚えてない。四歳《さい》の水疱瘡《みずぼうそう》のときですら、足の裏《うら》まで痛《いた》かった記憶があるのに。


その日、期末テストでふだんより早く学校から帰ったぼくは、珍《めずら》しく自分で郵便物《ゆうびんぶつ》を取って家に入った。

いつもは夕方帰ってきたお母さんが夕刊《ゆうかん》とまとめて取るのだが、八つ並《なら》んだポストの中で二〇四号室「伊東《いとう》」だけ、あふれそうになっていたからだ。このままじゃ夕刊が入らないし、中の物が散らばったりしたら、口うるさい一〇一号室の大屋さんに怒《おこ》られる。

玄関《げんかん》を入ってすぐの、台所兼居間《けんいま》のテーブルに郵便物をどさっと載《の》せる。みんな「受験生の君に」「まだ間に合う！」「ラストスパートの夏」といった学習塾《がくしゅうじゅく》のＤＭだ。

こんな何万もする講習《こうしゅう》や何十万もする合宿、行けるわけがない。

全部まとめてガス台の下の大きなゴミ箱に捨《す》てようとすると、一通だけ普通《ふつう》の手紙が挟《はさ》まっていた。住所と「伊東透馬《いとうとうま》様」とだけ書かれたそっけない横長の封筒《ふうとう》に、ひまわりの切手に他県の消印。差出人の名前はない。

開けてみると、中には一枚《まい》の便箋《びんせん》と、手のひらサイズのビニール袋《ぶくろ》が入っていた。よく百均《ひゃっきん》にある密封《みっぷう》できるビニール袋だ。中身は黒い砂《すな》のような粉《こな》だった。そして四つに折られた便箋を開くと、印字された文字で、こんなメッセージがあった。

「誕生日《たんじょうび》おめでとう。あれから十年たったね。きみは元気に、すこやかに育ったね。おめでとう。きみの健康に、きみの輝《かがや》かしい未来に乾杯《かんぱい》しよう。」

何だ、これ？

気味が悪いので塾のDMといっしょに捨てようとして、ぼくはふいに思い出した。

ぼくは……この黒い砂を見たことがある。黒い砂と白い砂がマーブル模様《もよう》に連なる砂浜《すなはま》、そして同じように小さなビニール袋に入っていた黒い砂を持って、お母さんに手渡《てわた》した。

（おみやげだよ）

と――。ぼくが一人で出かけて帰った、あれは四歳でも六歳でもない、確かに五歳の夏だ。そしてドラマのワンシーンのように、病院の一室での記憶がよみがえった。

（これで大丈夫《だいじょうぶ》ですか？）

（もう大丈夫ですか？）

お父さんとお母さんが必死な表情《ひょうじょう》で、何度も何度もお医者さんに聞いている。

（今できる処置《しょち》はすべていたしました。後は、毎年検査《けんさ》をしていくしかありません）

顔をふせて泣き出すお母さん、ため息をついて首をふるお父さん――ああ、お父さんの顔をあんなに間近で見たのは、たぶんあれが最後だ。お父さんは今、ぼくらとは別な家で、新しい奥《おく》さんと三人の子どもたちと暮《く》らしている。

迷《まよ》った末、ぼくはこの手紙をお母さんに見せないことにした。極度の心配性《しんぱいしょう》のお母さんに、こんなわけのわからない手紙を見せたら、きっとパニックになる。

ぼくは手紙を捨《す》てようと思ったが、なんとなく自分の机《つくえ》の引き出しに放《ほう》り込《こ》んだ。

今思うと、それがすべての始まりだった。


期末テストの最終日前、ぼくはなんとなく熱っぽかった。

夏風邪《なつかぜ》かなと思ったが、あと一日くらい平気だろうとごまかしていると、最終日の科目が終わるころには、かなり体がだるく額《ひたい》が熱く、頭痛《ずつう》もしてきた。

「透馬《とうま》、顔赤いじゃん」

「病院行ったほうがいいんじゃね？」

と、友人の春斗《はると》と悠太《ゆうた》に言われたので、家に帰ったぼくは、保険証《ほけんしょう》を持って近所の内科へ行った。子どものころから通っている大久保《おおくぼ》医院のカヨ先生は、ぼくの顔を見るなり言った。

「あら～、透馬《とうま》君。顔に発疹《ほっしん》出てるわ。麻疹《はしか》かしらね？」

まさか、と思いつつ差し出された鏡を見ると、確《たし》かに赤く細かいブツブツが顔中に浮《う》いている。さらに口の中の白いできものを見て、「コプリック斑《はん》も出てるし、これはほぼ確定《かくてい》ね」と、カヨ先生は言った。

「でも麻疹は、五歳《さい》のときかかったってお母さんが……」

「五歳？」

カヨ先生は首をかしげた。五歳というのは、お母さんと二人で、この街に引《ひ》っ越《こ》してきた歳《とし》だ。つまりカヨ先生にかかり始めたときでもある。

「じゃあ、私《わたし》が診《み》る前かしら」

「なんか夏休み中かかってたみたいです」

「夏休み中？　一か月も？」

カヨ先生はまた首をかしげた。「まあ、重症化《じゅうしょうか》する子もいるからねえ」

でも普通《ふつう》は一か月も完治しないものではないんだな、とカヨ先生の表情《ひょうじょう》から思った。

「じゃあ、今回は二回目ってことね。麻疹には特効薬《とっこうやく》はないの。対症療法《たいしょうりょうほう》しかできないから、熱が引くまで安静にしててね」

ぼくは解熱剤《げねつざい》をもらって帰った。家に着くころには、赤い発疹《ほっしん》は首や手にも現《あらわ》れていた。これは疑《うたが》いようがない。人生二度目の麻疹《はしか》だ。ぼくは自分で布団《ふとん》を敷《し》いて寝《ね》た。

「麻疹？」

夕方パートから帰ってきたお母さんは、びっくりしてぼくの部屋に入ってきた。

「うつるよ」

「大丈夫《だいじょうぶ》よ。お母さん、もうかかってるから」

「でも、ぼくだって二回目じゃないか」

「そ、そうね……」

「そうだよ。二回目は珍《めずら》しいってさ。ねえ、ほんとに五歳《さい》のとき、かかったんだよね？」

「そ、そうよ。本当よ」

お母さんは、なぜかすごく動揺《どうよう》していた。そしてぼくの熱が三十八度を超《こ》えると、さらに動揺し始めた。体が熱くて重くて、麻疹はけっこうきつい。五歳のときも、こんなだったのだろうか？ 全然覚えてない。おかしいな、記憶力《きおくりょく》はいいはずなのに。

夜、処方《しょほう》された解熱剤を飲むと、翌朝《よくあさ》は三十七度台に下がったが、パートを休んだお母さんは何度も「大丈夫？」と言ってはぼくの部屋のふすまを開けるので、正直うっとうしかった。

「もう大丈夫だよ。テレビでも観《み》ててよ」

お母さんはぼくが小さなころから、ちょっと切《き》り傷《きず》を作ったり、鼻血を出したりすると、もうその血が永遠《えいえん》に止まらないんじゃないかというように取《と》り乱《みだ》す。

「透馬《とうま》は病弱だから」と、お母さんは言うが、ぼくは自分が病弱だと思ったことは一度もない。いつも薬を持ち歩いている春斗《はると》のように喘息《ぜんそく》やアトピーといった持病もないしアレルギーもないのに、なぜかお母さんはぼくの体を過剰《かじょう》に心配している。

自分の部屋で寝《ね》ていると、薄《うす》いふすまの向こうにある台所兼居間《けんいま》のテレビから、夕方のニュースが聞こえてきた。

——もうすぐ、〇〇の事故《じこ》から十年になります。現在《げんざい》、被災者《ひさいしゃ》の人々は……。

十年前って、なんの事故だろう。阪神大震災《はんしんだいしんさい》はもっと前だし、東日本大震災《ひがしにほんだいしんさい》はまだ十年たっていないはずだ。広島《ひろしま》かな、熊本《くまもと》かな……そんなことを考えているうちに、ぼくは熱でぼうっとした頭で夢《ゆめ》をみた。

ぼくは大好きな新幹線形《しんかんせんがた》のリュックを背負《せお》い、水筒《すいとう》を持ってバスに乗っている。

バスと言っても、小さいワゴンのようなバスだった。ぼくはもっとたくさんの子が来るのかと

思っていたので、となりに座《すわ》っていた若《わか》い男の人にそう聞く。男の人は、

「ちがう方向から来るから、別なバスに乗ってるんだよ。遊園地で落ち合うんだ」

と、優《やさ》しく教えてくれた。風にゆれる長い前髪《まえがみ》が顔にかかり、白いシャツを腕《うで》まくりして黒いパンツをはいている。ぼくは小さなころ、ちょっと神経質《しんけいしつ》で人見知りだったとお母さんやお祖母《ばあ》ちゃんは言うが、会ったばかりのその人をすごく信頼《しんらい》している。

「遊園地？　湖《みずうみ》でキャンプじゃなかった？」

予想といろいろちがうので不安になったぼくは聞く。

「海だよ。それに海辺には遊園地もあるんだ」

「すごい！」

ぼくは一気にテンションが上がった。湖より大きな海のほうが楽しいに決まってる。海でも遊べて遊園地もあるキャンプなんて最高じゃないか。

「そこにあるジュース飲んでいいよ」

座席《ざせき》の前にあるホルダーのペットボトルを見て、やった、とぼくは思った。水筒《すいとう》には麦茶が入っていたが、麦茶よりジュースだ。

ペットボトルは一度ふたが開けてあった。親切だなと思った。ぼくはそのころまだペットボトルのふたが自分では開けられなかったからだ。

そしてぼくはジュースを飲むとすぐに眠《ねむ》ってしまった。

目を覚ますと、バスはとっくに街を走り抜《はしぬ》け、高速道路に乗っていた。窓《まど》から見える景色はどんどん見晴らしがよくなり、緑の田んぼの向こうに、きらきらと光る水平線が見えた。

「着いたよ」

バスを降《お》りると、人気《ひとけ》のない船着き場だった。ぼくはその人と小さな船に乗って島に渡《わた》った。

島の浜辺《はまべ》の砂《すな》は、白と黒が混《ま》じり、ほとんど真っ黒なところもあった。

そして浜辺から続く平地には、外国の映画《えいが》に出てくるような遊園地があった。

海のそばの広い空き地にやってくる移動遊園地《いどうゆうえんち》――人を誘《さそ》う音楽が流れる、サーカスのようなカラフルなメリーゴーラウンドと出店と大きな観覧車《かんらんしゃ》。でも、メリーゴーラウンドは動かず、観覧車を支《ささ》える軸《じく》は傾《かたむ》いて、ゴンドラの一部は水につかっていた。

「これ、どうしたの？」

ぼくは手をつないでいる男の人に聞いた。「壊《こわ》れたの？」

「ちがうよ」

手をつないでいた人は、ぼくの目の高さまでしゃがんで答えた。

「これは、海にもぐって魚を見るための観覧車なんだ。ここにしかないんだよ」

「海の中が見れるの？　すごい！　見たい！」

そんなものあるわけないのに、ぼくはすぐに信じた。

「残念。今は係が昼寝中《ひるねちゅう》だから、先にほかの乗り物にのろう」

「うん！」

ぼくは素直《すなお》に答えた。その人は彫刻《ちょうこく》のように整った顔だが、笑うと急に目が細く、くしゃっとなる。潮風《しおかぜ》に乱《みだ》れる髪《かみ》の間からのぞく二重の目は、常《つね》にぼくを見守ってくれる。ぼくはその人が大好きだった。「行こう」と手を引かれ、いっしょに歩き出した。

「まず、メリーゴーラウンドだ」

その人が、ぱちんと指を鳴らすと、音楽が流れ、止まっていたメリーゴーラウンドが動き出した。魔法《まほう》みたいだ。魔法使いだ。そして、砂浜《すなはま》の向こうから、

「おーい！」

という声がして、魔法使いの仲間たちが歩いてきた。大きなクマとぼくと同じくらいの双子《ふたご》の女の子と男の子だった。

その日、ぼくは遊園地で魔法使いたちと遊んだ。

魔法使い――それは今思うと、ただ手品の得意《とくい》な人だったんだろうけど、五歳《さい》のぼくには本当の魔法使いに見えた。だって指を鳴らすだけで、大きなメリーゴーラウンドを動かしたり、夕暮《ゆうぐ》れの空に花火を打ち上げたりするのだ。

「これは魔法だよ」

と言われて、ぼくは信じた。背《せ》の高い、指の長い魔法使いと、大きな茶色のクマのアイラ、そして双子の男の子と女の子。真っ黒に日に焼けた男の子は、ぼくと同じくらいなのに、ぐんぐん遠くまで泳いでいく。女の子とはいっしょに浜辺で遊んだ。波乗りしたり、砂でトンネルを作ったり……やがて男の子もやってきて、いっしょに作った。

「おまえも泳いできていいよ」

男の子に言われ、「うん」と言って走っていった女の子は、男の子よりも泳ぎがうまかった。ぼくに合わせて砂浜で遊んでくれていたのだ。すごく優《やさ》しくて、すごくかわいかった。ぼくらは浜辺で貝を拾い、砂鉄《さてつ》をとった。大きなU形磁石《ユーがたじしゃく》にひもをつけて砂浜を引きずると、面白《おもしろ》いように砂鉄がとれた。男の子が磁石を鼻の下につけた。

「ひげみたい!」

ぼくが笑うと、女の子も「砂のひげ!」と言って笑った。「へんな顔!」ぼくは笑い転げた。

女の子と男の子の名前は憶《おぼ》えていない。クマの名前は憶えているのに。

クマのアイラには風船をもらった。肩車《かたぐるま》してもらった。毛むくじゃらのアイラの頭に抱《だ》きついて、もしゃもしゃにしたのに怒《おこ》らなかった。お父さんは、そういうことをするとすごく怒ったのに。

ああ、お父さんの記憶《きおく》は怒ってる顔ばかりだ。家でも外でも機嫌《きげん》が悪かった。あの日は、お父さんがいなくて楽しかった。大きな駅でお母さんと別れたときは少し心細かったけど、魔法使いとあの子たちとアイラがいたから、そんな淋《さみ》しさも忘《わす》れてた。

あんなに楽しかったのに、あの夏の写真はない――。

目が覚めると熱はさらに下がって三十六度台になっていた。

寝汗《ねあせ》をびっしょりかいていたので、枕元《まくらもと》にお母さんが用意してくれたタオルで汗をふいて着替《きが》え、空になったOS《オーエス》-1《ワン》のペットボトルを台所へ捨《す》てにいった。

「起きたのね。おかゆでも食べる?」

と言うお母さんに、ぼくは聞いた。

「あのさ、五歳《さい》のとき、幼稚園《ようちえん》の年中のときさ、遊園地に行ったよね?」

「えっ?」

お母さんがぼくを見る目が、大きく見開かれた。ぼくは確信《かくしん》していた。あの新幹線《しんかんせん》のリュックは年中のときに使っていたものだ。年少のときはプーさんで、新幹線のほうがちょっと大人っぽくて得意《とくい》だったのを覚えているし、写真も残っている。

ぼくは夢《ゆめ》で見たことをお母さんに語った。

「い、行ってないわ」お母さんは、ぼくから目をそらした。

「あの夏は麻疹《はしか》だったでしょ。だからどこにも行かなかったのよ」

「でも、ほんとに記憶《きおく》があるんだよ。海辺の、観覧車《かんらんしゃ》がある遊園地だったよ」

「それは……それは絵本のせいよ。あのころ、透馬《とうま》が気に入ってた遊園地の絵本があって、くり返し読んだの。だから透馬《とうま》の中では、本物のように思ってるのよ」

「ふ〜ん。その絵本て、まだ家にある？」

「ないわ。だって、透馬《とうま》があんまり何度も読むから、ぼろぼろになって捨てたのよ」

確《たし》かにぼくは小さなころ、気に入った本を何度も読んでぼろぼろにしたのを覚えている。『ぐりとぐら』も『だるまちゃんとてんぐちゃん』も『しろいうさぎとくろいうさぎ』も。でも、そういう絵本はお母さんが直してくれるし、ぼろぼろでもちゃんととってある。

どうして、海辺の遊園地の絵本だけ捨てられたんだろう？

洗面所《せんめんじょ》の鏡に映《うつ》る真っ赤なブツブツだらけの顔を見ながら、ぼくは思った。もし小さなころ、自分の顔がこんなふうになったら、きっと忘《わす》れない。

五歳の夏、ぼくは本当に、麻疹《はしか》にかかったんだろうか？

そして、あの遊園地の記憶は、本当に絵本の中のものなんだろうか？

2　十年

また夢《ゆめ》を見た。今度は五歳《さい》じゃない。今の、中学生のぼくだ。

ぼくは空洞《くうどう》の針《はり》のような、高い建物の螺旋階段《らせんかいだん》を上っている。童話に出てくる、いばらにおおわれた城のように、人の気配はない。

ああ、みんな眠《ねむ》ってるんだ。悪い魔法使《まほうつか》いに呪《のろ》いをかけられ、時が止まってるんだ。

ぼくは階段を上る。崩《くず》れそうな古いセメントの中には、小石や貝が埋《う》まっている。海の砂《すな》を混《ま》ぜてあるからだ。じゃり、じゃりと、海の階段を踏《ふ》みしめて上ってゆくと、上から日がさしてくる。

上り切ったところは、屋根も壁《かべ》も半分壊《こわ》れた塔《とう》の天辺《てっぺん》だった。

周りは海。そしてさんさんと日がさす天気なのに、足元がぬれている。透《す》き通《とお》った水の中に、貝がらや小石が見える。雨が吹《ふ》き込《こ》んで溜《た》まって、小さな海のようになっているのだ。ぼくは壊れた壁に手をかけ、体を乗り出していると、後ろから声がする。

「おまえが探《さが》しているのはこれかい?」

いつの間にそこにいたのか、フードがついた長い衣《ころも》をまとった人が、からからと糸車を回している。フードに隠《かく》れて顔は見えない。よく見ると、それは糸車じゃない。小さな観覧車《かんらんしゃ》だ。小人が座《すわ》っていそうな十二の丸いゴンドラがついた観覧車を、その人は回している。まばゆい日の光に照らされて、銀色の観覧車がくるくると回る。

ああ、これだ、これだ。乗りたかった……。

「さわってごらん」

その人が手招《てまね》きする。

ぼくは手をのばす。ちくっと指先が痛《いた》い。見ると、小さく赤く血がにじんでいる。

目が覚めると、夕方だった。なんの傷《きず》もないのに、指先が痛いような気がする。

童話とは逆《ぎゃく》だ。糸車の紡錘《つむ》で指を刺《さ》して目が覚めるなんて。本当は眠りにつくはずだ。長い長い眠り……そうだ。糸車の紡錘で指を刺すのはお姫《ひめ》さまじゃないか。

「姫は十五の誕生日《たんじょうび》に、糸車の紡錘で指を刺し、永遠《えいえん》の眠りにつくだろう」

確《たし》かそんな呪いをかけられ、恐《おそ》れた王と王妃《おうひ》は国中の糸車を焼く。だけど一つだけ、お城の塔に残っていたんだっけ？　すぐ近くに、まるでだれかがわざと残したように。あれ？　そもそも、お姫さまは、どうしてそんな呪いをかけられたんだっけ？

麻疹《はしか》が治ってやっと登校できた日、ぼくは学校の帰りに市立図書館に寄《よ》ることにした。あの夢《ゆめ》以来、『ねむりひめ』の話が気になったのと、もう一つ目的があった。

市立図書館は子どもの本が充実《じゅうじつ》していて、少しだがマンガもあるので、ぼくが行くと言うと、春斗《はると》と悠太《ゆうた》が「あ、俺《おれ》も」「俺もいく」とついてきた。

ぼくらは「意識高《いしきたか》い系《けい》の家あるある〜」と言いながら、だらだらと歩いて図書館に向かった。

「ゲーム禁止《きんし》〜」

「あるある〜」

「おやつがイモと豆と小魚〜」

「あるある〜」

ぼくはずっと、家に来た友達に地味なおやつを笑われるのが恥《は》ずかしかった。笑わなかったのは「このイワシ煎餅《せんべい》、うちと同じやつだ」「この麦茶、うちのよりうまい！」と言ったこの二人くらいだった。それが小三で、ずっとつきあいが続いている。

「夏休みの家族旅行が、戦争博物館と戦跡巡《せんせきめぐ》り〜」

悠太《ゆうた》の「あるある」に、

「えっ、ない」

「ないない」

と、ぼくと春斗《はると》が言うと、「嘘《うそ》、俺んちだけ?」と悠太《ゆうた》が焦《あせ》った顔がおかしくて、三人で笑った。

二人がマンガコーナーで、「『はだしのゲン』いっとく?」「いや、俺グロいの弱いから、『火《ひ》の鳥《とり》』にするわ」と見ている間、ぼくは検索機《けんさくき》で本を探《さが》した。最初はストレートに『ねむりひめ』と入れたが、『いばら姫《ひめ》』や『野《の》ばら姫《ひめ》』そしてディズニーの『眠《ねむ》れる森《もり》の美女《びじょ》』といった作品も出てきた。童話だから子ども向けの絵本ばかりだろうと決めつけていたが、大人向けの本もたくさんあった。

それらを書架《しょか》に探しにいくと、表紙はみんなきれいなドレスを着たお姫《ひめ》さまの絵で、めざとく見つけた春斗《はると》が、

「なに、おまえプリンセス絵本なんか借りんの～?」

と笑った。「ちがうよ」と言いつつ、ぼくはお母さんの言葉を思い出した。

「なあ、こういう絵本知ってる? 海辺の遊園地の話なんだけどさ……魔法使《まほうつか》いと、クマと双子《ふたご》が出てきて……」

ついでに悠太《ゆうた》にも聞いてみたが、二人とも知らなかった。悠太《ゆうた》はお母さんが小学校の先生なので家に子どもの本が何百冊《なんびゃくさつ》もあるが、「そんなの見たことない」と言った。

「タイトルは?」

「覚えてない」

「作者とか、絵描《か》いた人は?」

「知らない」

「そんな手がかりない話あるかよ。司書さんに聞いたほうが早いんじゃね?」

二人に言われ、ぼくは児童書コーナーの司書さんに「こういう絵本ありますか?」と尋《たず》ねた。

司書のお姉さんは、「海辺の遊園地……日本の話じゃなさそうね」と言いながら、知識《ちしき》と情報《じょうほう》を総動員《そうどういん》して探《さが》してくれたが、それらしき本は見つからなかった。

「やっぱり……」

ぼくが呟《つぶや》くと、「やっぱりって?」と悠太《ゆうた》が聞いた。

「こんな絵本、ないと思ってたんだ」

「は?」

司書さんがぽかんとし、「じゃあ、探させんなよ!」と二人につっこまれ、ぼくは謝《あやま》った。司書さんは笑って首をふった。

「いいえ。こちらは借りるんですね?」

「はい」

大量の絵本をカバンにつめ込《こ》みながら、これではっきりした、とぼくは思った。

あれはやっぱり絵本の記憶《きおく》なんかじゃない。間違《まちが》いなく現実《げんじつ》の、ぼくの五歳《さい》の誕生日《たんじょうび》の記憶だ。ぼくはあのサーカスのような人々と、海辺の遊園地に行ったのだ。

家に帰り、ぼくは借りてきた何冊《なんさつ》もの『ねむりひめ』や『いばら姫《ひめ》』や『野《の》ばら姫《ひめ》』の絵本を読んだ。みんな絵もストーリーも少しずつ違う。

同じだったのは、王女が生まれたとき、十二人の女の人を呼《よ》んで、一つ一つ贈《おく》り物《もの》をもらうことだ。この女の人は本によって「魔女《まじょ》」だったり「魔法使い」だったり「神通力《じんつうりき》を持った女」だったりする。そして知った。王女が呪《のろ》いをかけられたのは両親のせいだった。王と王妃《おうひ》は王女誕生の祝いの席に、その女の人たちを呼ぶ。だけど、十三番目を呼ぶのをいつも忘《わす》れてしまう。あるいは食器が十二個《こ》しかないので呼ばない。

何冊もの少しずつ違うが同じような展開《てんかい》の絵本を読んでいると、まるで何度も失敗するタイムトラベラーのやり直しを見ているみたいだった。かわいい赤ちゃんが生まれたところで、ぼくは思う。

今度こそ十三番目を呼ぶんだ、ちゃんと呼ぶんだ、なんで王様なのに予備《よび》の食器くらい新しくしておかないんだよ――しかし、王と王妃は必ず失敗する。遅《おく》れて宴《うたげ》にやってきた十三番目のためには、お皿も杯《さかずき》もご馳走《ちそう》も用意されてはいない。当然ないがしろにされた十三番目は怒《おこ》る。

「なぜ、わたしを呼ばなかった?」

そうだ。なぜだ。とるに足らない者ならともかく、大きな城とおおぜいの人間を百年も眠《ねむ》らせるような力を持っている者を呼《よ》び忘《わす》れるんだ。ほかの者は、「その呪《のろ》いを解《と》くことはできない」「私《わたし》にできるのは、呪いを軽くすることだけ」と、お手上げ状態《じょうたい》だ。

そんな力を持った存在《そんざい》を、なぜ無視《むし》したのだろう？

そのせいで、王女は眠《ねむ》り続けることになる。親が軽《かろ》んじた者のせいで。決して、軽んじてはいけなかったのに——。

翌日《よくじつ》、期末試験の結果が返ってきた。学年百八十人中三十二位、とりあえず希望している偏差《へんさ》値《ち》56〜58の公立高校には合格《ごうかく》できるだろう。生徒会の役員や部活動の部長でもやっていれば推薦《すいせん》も狙《ねら》えたかもしれないが、お母さんの調子が悪いときは家事もやらなきゃいけないし、それは無理だ。一般《いっぱん》試験《しけん》でがんばるしかないが、これなら塾《じゅく》に行かなくてもなんとかなりそうだ。

中学最後の夏休みは、きっちり塾に行く者、最後の部活にかける者、受験のための勉強はしつつ家族旅行の計画がある者……とさまざまだった。

ぼくには何の予定もなかった。旅行に行くような余裕《よゆう》もないし、塾にも行かない。

せめてスマホがほしいと思った。家には古いパソコンはあるが、お母さんと共用なので閲覧履《えつらんり》歴《れき》をいちいち消すのが面倒《めんどう》くさい。

帰るしたくをしていると、悠太《ゆうた》と春斗《はると》が声をかけてきた。

「透馬《とうま》、終業式のあと、映画《えいが》でも観《み》にいかね？」

「いいね。何に……」

と言いかけて、ぼくは予定を思い出した。

「ごめん。終業式の後は、病院で検査《けんさ》だった」

「はあ、検査？」

「なに、どっか悪いの？」

悠太《ゆうた》に思いのほか心配そうに言われて、ちょっと面食らった。「脳《のう》の検査か？」とか「老人かよ」と笑われるかと思ったのだ。

「いや、小さいころちょっと病気したらしくてさ。その検査、一年に一回やってんだ」

「ああ、追跡外来《ついせきがいらい》行くのか」と悠太《ゆうた》はうなずいた。

「追跡……なに？」と、春斗《はると》が聞いた。

「一回病気とか事故《じこ》にあった人が、その後なんかないか、定期的に病院行くやつ。だよな？」

「うん」

「へー、初めて聞いた。透馬《とうま》、なんか病気だったの？」

「いや、調査《ちょうさ》だけ。それもなんともなかったけど」

「えっ、なんともないのに何回も病院行くんだ。大変だなあ」

さらっと専門用語《せんもんようご》が出てきた悠太《ゆうた》に感心しつつ、ぼくは家に帰った。


七月の誕生日《たんじょうび》の後は毎年、となりの市の大きな病院に連れていかれる。たいてい終業式の日か、夏休み初日だ。小さいころはみんな同じように、誕生日の後には「けんさ」というものをするのだと思っていた。

小児科病棟《しょうにかびょうとう》の廊下《ろうか》の壁《かべ》には、色紙や折り紙でつくったひまわりやカブトムシやスイカが貼《は》り付《つ》けてある。ぼくはあの手紙に貼られていたひまわりの切手を思い出しながら、お母さんといっしょに「村野守備《むらのもりび》」と書かれた先生の部屋を訪《おとず》れた。

「やあ、透馬《とうま》くん、背《せ》が伸《の》びたね。もう百七十センチある？」

「ないです。百六十五センチです」

「でも来年には抜《ぬ》かされそうだな」

なんて言うが、先生は百八十センチぐらいあるので、来年はまだ無理かもしれない。

村野《むらの》先生は、『アベンジャーズ』の超人《ちょうじん》ハルク、に変身する前のバナー博士に似《に》ている。

いつもおだやかな笑《え》みを浮《う》かべ、お母さんからぼくの検査《けんさ》の結果報告《ほうこく》を聞き、少し世間話をする。先生はとても優《やさ》しい。大久保《おおくぼ》医院も、村野《むらの》先生がぼくらの家の近くに知り合いがいるからと紹介状《しょうかいじょう》を書いてくれたのだ。

「お母さんも、気を張《は》り詰《つ》めすぎないように。最近はどこか遊びにいきましたか？」

村野《むらの》先生はお母さんを安心させ、気分をほぐし、ぼくには面白《おもしろ》い本や映画《えいが》を教えてくれる。村《むら》野《の》先生のおすすめははずれたことがない。

そして今年もそんなふうに、いつもと同じように診察《しんさつ》は終わるのだろうと思っていた。

「うん。骨《ほね》にも血液《けつえき》にも内臓《ないぞう》にも脳《のう》にも、なにも異常《いじょう》はありませんね」

村野《むらの》先生はカルテを見ながら、にっこり笑って言った。

「もう、大丈夫《だいじょうぶ》ですよ」

いつもと同じ。当たり前だ。普通《ふつう》に中学に通ってるんだから。だけど、お母さんの態度《たいど》はいつもとちがった。村野《むらの》先生の言葉を聞いて、椅子《いす》から崩《くず》れ落《お》ち、泣きだしたのだ。

「お母さん？」

ぼくは驚《おどろ》くというより引いた。がんや不治の病を宣告《せんこく》されたならともかく、「異常ありません」と言われて、椅子から崩れ落ちるって、なんなんだ？

でも村野《むらの》先生は、うんうん、と優しくうなずきながら、床《ゆか》に座《すわ》り込《こ》んで泣き続けるお母さんの背をさすっていた。「よかったね。よかったね」と言いながら。

「これで、ひとまず安心だ。とりあえず、もう追跡外来《ついせきがいらい》は必要ない」

「ありがとうございます！　ありがとうございます！」

なんで、検査《けんさ》してもらってただけで、そんなに礼を言うのか、ぼくにはわからなかった。お母さんは先生に「ありがとうございます」とくり返《かえ》していた。

「じゃあ、ほかのお子さんたちも？」

「大丈夫《だいじょうぶ》です。みんな、健康です」

「えっ？」

ぼくは二人の会話が引っかかった。

「ほかのお子さん？　みんな健康って、なんのこと？」

二人ははっとしたようにぼくを見た。

「なんでもないわ」

お母さんが涙《なみだ》をふきながら言った。

「でも、『ほかのお子さん』って。ぼく以外にも、こんなに検査受けてる子いるの？」

黙《だま》り込《こ》むお母さんのとなりで、「いるよ」と、村野《むらの》先生はあっさり言った。お母さんは、

「先生！」

と叫《さけ》んだが、村野《むらの》先生はにっこり笑った。

「小児病棟《しょうにびょうとう》で、長く入院してる子たちはね、もっと面倒《めんどう》な検査を受けてるよ」

「…………」

まあ、そりゃ、そうだろうけど。今のって、そういう話だったのか？　なんか、ちがうような気がするけど。そのとき、村野《むらの》先生の携帯《けいたい》が鳴った。

「ああ、はい。もう終わりましたよ。ええ、そうです。ちょっと待ってください」

村野《むらの》先生は携帯をいったんポケットに仕舞《しま》って、ぼくらに言った。

「悪いけど、次の診察《しんさつ》に行かなくちゃ」

「ええ。そうですよね。すみません。お引きとめしてしまって」

村野《むらの》先生はお母さんにうなずき、ぼくの肩《かた》をぽんぽんと叩《たた》いて、

「お母さんに、心配かけちゃいけないよ」

と言った。そしていつもの笑顔《えがお》に戻《もど》って、三人で部屋を出ると、ぼくらに手をふりながら歩いていった。

病院前のバス停《てい》で、最寄《もよ》り駅《えき》までゆくバスを待ちながら、ぼくは言った。

「村野《むらの》先生って、ずいぶん外国も行ってるんだよね」

診察室の窓《まど》の近くに、ポスターが貼《は》ってあった。どこかの国——たぶん欧米《おうべい》の、髪《かみ》の毛《け》のない子どもたちに囲《かこ》まれていた。

「チェルノブイリね」

と、お母さんはうなずいた。チェルノブイリって、どこかで聞いた。

「それからシリア、アフガニスタン……」

どこも紛争《ふんそう》や大きな災害《さいがい》があって、現地《げんち》の医療者《いりょうしゃ》が足りなかったところだとお母さんは言った。だからボランティアで、村野《むらの》先生は行ったのだ。

「そうよ。素晴《すば》らしい先生だわ。その素晴らしい先生が、もう大丈夫《だいじょうぶ》って言ったのよ。だから、もう大丈夫よ」

お母さんは、ぶつぶつと自分に言い聞かせるように言った。

「来年は、もう行かなくていいんだよね？」

「ええ」

「ねえ。結局なんの検査《けんさ》だったの？」

「前にも言ったでしょう？　あなたは赤ん坊《あかんぼう》のとき、体が弱かったから、こうして毎年、病気になってないか調べているのよ」

「…………」

ヘンだ。ぼくは、自分が「体が弱い」と思ったことは、一度もない。

めちゃくちゃ丈夫なわけでもないが、「体が弱い子」というのは、ちがう気がする。幼稚園《ようちえん》のころから、クラスに三、四人はそういう子がいる。喘息《ぜんそく》の春斗《はると》は季節の変わり目によく休むし、紫外線《しがいせん》アレルギーでプールや屋外の体育を休む子や、貧血《ひんけつ》でよく倒《たお》れる子もいる。ぼくには、そういったことが一度もなかった。

「それは、わたしが食べ物から何から気をつかっていたからよ」

と、お母さんは言う。

確《たし》かにお母さんは健康オタクだ。無農薬や有機栽培《ゆうきさいばい》の野菜や無添加食品《むてんかしょくひん》を扱《あつか》う店に勤《つと》めているのはそういった食品を安く買うためだし、安アパートに不釣《ふつ》り合《あ》いな浄水器《じょうすいき》もある。

だからぼくは、本当は「体が弱い」子どもだったけど、病気にならなかった？

そうなのか……納得《なっとく》できないまま、ぼくはバスの窓《まど》によりかかって目を閉《と》じた。

家に着いたお母さんは電話をかけた。

「はい。ええ、終わったわ。異常《いじょう》なしよ」

お母さんの口調で、相手がだれか、すぐにわかった。お父さんだ。ぼくは二人の会話をあまり聞きたくないのと、半日外にいて汗《あせ》まみれだったので、シャワーをあびようと風呂場《ふろば》に行った。

「心配してくれて、ありがとう」

狭《せま》いアパートでは、風呂場の洗面所《せんめんじょ》にいても、居間《いま》の声が聞こえてくる。お父さんは本当に、お母さんの言うように心配していてくれたのだろうか？

両親が離婚《りこん》してから何度か、ぼくはお父さんに会ったが、いつも「学校の勉強にはついていけてるのか？」「うん」程度《ていど》の話題しかなく、常《つね》にスマホの着信を気にしていて、息子《むすこ》にまったく興味《きょうみ》がなく、早く帰りたいのが見え見えだった。

「そうよ。十年たったから、もう今年で最後よ。病院には行かなくていいのよ」

ぼくは、はっとして耳をすませ、洗面所《せんめんじょ》のドアを小さく開けた。

「十年よ。長かったわ……」

お母さんは、しみじみと呟《つぶや》き、ぼくは確信《かくしん》した。やっぱり十年というのは、間違《まちが》いじゃない。お母さんが心配していたのは、「ここ十年」だ。ぼくが五歳《さい》のときからだ。

シャワーをあびたぼくは、図書館から借りてきた何冊《なんさつ》もの『いばら姫《ひめ》』や『ねむりひめ』の絵本を再《ふたた》びめくった。糸車の紡錘《つむ》に刺《さ》されて、長い眠りについていた王女は目を覚ます。そして自分が、いばらの城で眠り続けていたことを知る。外の世界では時が流れていたのに、自分の周りだけ時が止まっていた。

王女は、親を恨《うら》まなかっただろうか。魔法使《まほうつか》いに会いたいと思わなかっただろうか。「なぜ、大事なことを忘《わす》れた？」「なぜ、自分が呪《のろ》いをかけられた？」と、大人に聞きたいと思わなかっただろうか？

ぼくは、机《つくえ》の引き出しにしまった手紙を開いた。

「誕生日《たんじょうび》おめでとう。あれから十年たったね。きみは元気に、すこやかに育ったね。おめでとう。きみの健康に、きみの輝《かがや》かしい未来に乾杯《かんぱい》しよう。」

いったいなんだ、これは？

その夜、ぼくはお母さんが寝《ね》たのを確認《かくにん》し、台所兼居間《けんいま》にあるパソコンデスクの前に座《すわ》った。この手紙をだれが何の目的で送ってきたのか、という手がかりをつかむため、ぼくはまず手紙がどこから来たのか調べることにしたのだ。

消印の郵便局《ゆうびんきょく》のある場所が差出人の住居《じゅうきょ》とは限《かぎ》らないが、住所を突《つ》き止《と》められないようにするために、わざわざ遠くから送ってきたとも思えない。

というのは、謎《なぞ》の黒い砂《すな》といい、差出人はぼくに何かを気づかせようとしていると思ったのだ。存在《そんざい》に気づかれたくないのなら、こんなメッセージ書かないだろうし、ヒントのような黒い砂も入れない。そもそも手紙を送ってこないだろう。

犯人《はんにん》は、ぼくに気づかれたがっている。十年前の夏に、記憶《きおく》のない五歳の誕生日のころ、何があったか思い出せと告《つ》げている――そう思った。

ぼくはひまわりの切手に押《お》された薄《うす》い消印を、虫メガネで拡大《かくだい》した。「辛島《からしま》」あるいは「幸《さち》島《しま》」と読める。島――そうだ。あの夢《ゆめ》がぼくの五歳《さい》の記憶なら、浜辺《はまべ》の遊園地があるはずだ。街でも山でもなく海だ。それも船でゆく島の可能性《かのうせい》が高い。

ぼくはまず「辛島《からしま》」をパソコンで検索《けんさく》した。

「辛島《からしま》」は熊本県に「辛島町《からしまちょう》」という地名があったが、島ではなかった。

やっぱり「幸島《さちしま》」かと思って再検索《さいけんさく》すると、二つの地名が出てきた。一つは宮崎県串間市《みやざきけんくしまし》のサルがたくさんいることで有名な「幸島《こうじま》」だった。最初はここかな、と思ったけど画像《がぞう》を見て違《ちが》うとわかった。あの島でサルなんて一匹《ぴき》も見なかった。

もう一つの「幸島《さちのしま》」は、ぼくの住んでいる県のとなりのとなりの県にあった。この街から電車で二時間くらいだ。

もしかしてここかな……と思ったところで、となりの部屋から何かが動く音がした。ぼくはどきっとしたが、その後お母さんが起きてくる気配はなかった。ぼくは音をたてないようパソコンをそっと閉《と》じ、自分の部屋に戻《もど》って布団《ふとん》に潜《もぐ》り込《こ》んだ。

せっかく近づいたけれど仕方ない。後は明日《あした》、お母さんが仕事に行っている間に調べよう。

3 ランドセル

夏休みの初日も、朝から蒸《む》し暑《あつ》かった。

わが家は電気代の節約にとタイマーが明け方に切れるようにセットしているので、朝はだいたい寝苦《ねぐる》しさで目が覚める。

「お母さん、朝もエアコンつけようよ。節電とか言ってがまんすると、かえって体壊《こわ》すってテレビでも言ってたし……」

そう言いながら台所兼居間《けんいま》に入ると、もわりとした空気の中で、お母さんがパソコンデスクの前に立っていた。ぼくはぎくっとした。お母さんは朝はパソコンを開かないので、昨夜の検索履《けんさくり》歴《れき》をまだ消していなかったのだ。

しかしノートパソコンは閉じられたままだ。ぼくはほっとしつつエアコンをつけ、もう一度お母さんのほうを見ると、表情《ひょうじょう》のないお母さんの手に、あの黒い砂《すな》の袋《ふくろ》が握《にぎ》られている。

しまった！

昨日、手紙はしまったのに、うっかり砂の袋を出しっぱなしにしていたのだ。落ち着け。あんなのただの砂だ。なんとでもごまかせる。「お母さ……」と言う前に、

「透馬《とうま》。この砂、なに？」

と、お母さんが聞いた。声が怖《こわ》かった。

「し……知らないよ」

「なんでここにあるの？　なんで持ってるの？」

目の前に袋《ふくろ》をつきつけられ、とっさにいい言《い》い訳《わけ》が思《おも》い浮《う》かばなかった。

「え、えと……道に落ちてたんだ。何かな～と思って」

お母さんの目がつり上がった。

「こんなもの拾っちゃ駄目《だめ》じゃないの！　危《あぶ》ないじゃないの！」

「えっ？」

危ない？　砂《すな》が「危ない」ってどういうことだ。「汚《きたな》い」とかなら、まだわかるけど。それにさっきも「なんでここにあるの？」って、もともと別な場所にあるもののように言う。なんなんだ？

ぼくはお母さんの手から黒い砂の袋を取った。

「お母さん、これ何？　何か知ってるの？」

お母さんは黒い砂から顔をそむけた。

「知らないわよ」

「嘘《うそ》だ。さっきから、なんか知って……」

と言いかけたところで、

「知らないって言ってるでしょ！」

とお母さんが切れた。しまった。追いつめすぎたんだ。そんなつもりはなかったのに。

「なんであなたは、そんなこと言うのよ！　なんで余計《よけい》なことばっかりするの！　こんなもの拾ってきて！　病気になったらどうするのよ！」

病気？　病気ってどういうことなんだ？　病気なのは、お母さんのほうじゃないか。

ぼくは、すうっと息を吸《す》って言った。

「お母さん。ご飯、もういいよ。あとで、いっしょに、カヨ先生のとこに行こう」

こういうとき、ぼくは慣《な》れているので慌《あわ》てず冷静に行動することができる。

が、優《やさ》しくはできない。それは小学生のときに、さんざんお母さんに寄《よ》り添《そ》って振《ふ》り回《まわ》され、いっしょに泣いたり笑ったりして、疲《つか》れ切《き》って、このままじゃ駄目だと村野《むらの》先生に言われたからだ。

ぼくは着替《きが》え、二人で大久保《おおくぼ》医院に行った。大久保《おおくぼ》医院は精神科《せいしんか》や心療内科《しんりょうないか》の看板《かんばん》は出していないけれど、カヨ先生に丁寧《ていねい》に話を聞いてもらって胃腸薬《いちょうやく》や貧血《ひんけつ》の薬を処方《しょほう》されると、お母さんは落ち着くのだ。

お母さんはカヨ先生にずっと、「あの子に食べさせなきゃ、ちゃんと食べさせなきゃ、病気になったらわたしのせいなんです」と、くり返していた。ぼくが麻疹《はしか》にかかって高熱が出たことが、思った以上にお母さんを追いつめてしまったのかもしれない。

今年の夏は、暑いと思うと急に雨が降《ふ》って冷えたりして、お母さんは献立《こんだて》に困《こま》っていた。「そうめんにしようと思ってたのに、こんなに寒いなんて」とブツブツ言っているので、「何でもいいよ」とぼくは言ったが「温かいものと冷たいものじゃ合う具が違《ちが》うのよ」と頭を悩《なや》ませていた。献立なんて大したことじゃないと思っていたけど、ぼくの健康に過剰《かじょう》に気をつかうお母さんは、そういった細かいことから精神的《せいしんてき》な疲《つか》れが溜《た》まっていたのかもしれない。

お母さんの話を聞いたカヨ先生は、「もともと精神が不安定なところに、この気候と更年期障害《こうねんきしょうがい》が重なったのかもね。透馬《とうま》君のせいじゃないよ」と言ってくれた。

お母さんもカヨ先生に話を聞いてもらって落ち着いたのか、

「ごめんなさいね、透馬《とうま》」

と言った。もう、その目はつり上がっていなかった。

「いいよ。もう夏休みだし。お母さんも休んだら？」

今年の夏は受験生の上に、けっこうヘビーだなと思った。家に帰り、エアコンをつけてお母さんは眠《ねむ》った。ぼくも眠った。ぼくも思ったより疲れていたのだ。

夕方、空腹《くうふく》で目が覚めた。

お母さんはまだ寝《ね》ていたが、一度起きたのか台所兼居間《けんいま》のテーブルの上に「これで何か買ってきて食べて」というメモといっしょに二千円が置いてあった。

やった。コンビニで好きなものが買える。食材にこだわったお母さんの料理は嫌《きら》いじゃないが、正直ときどきコンビニ飯も食べたくなる。

歩いて五分のコンビニで、冷《ひ》やし中華《ちゅうか》やフライドポテトやから揚《あ》げ棒《ぼう》を買った。お母さんにも何か買っていこうかと思ったが、お母さんはこういうときのためにレトルトの雑穀《ざっこく》がゆを買い置きしてあるのを思い出し、残りでちょっと高いアイスを買った。

家に帰って、ぼくはふすまの向こうで寝ているお母さんに、

「お母さん、ご飯食べるけど、お母さんもおかゆ食べる?」

と聞いたが、「今はいいわ」という返事が小さな声で返ってきた。

音を抑《おさ》えてテレビをつけると、七時のニュースがちょうど、「今注目されるヤングケアラー」「母子家庭の五割《わり》が貧困家庭《ひんこんかてい》」という話題をとりあげていた。

こういうぼくも、世間でいう母子家庭のヤングケアラーなのかもしれないが、金銭的《きんせんてき》に不自由のない分、だいぶラクだ。

お母さんは精神状態《せいしんじょうたい》が悪くなるとパートを休み、その分収入《しゅうにゅう》は減《へ》るが、お父さんからの養育費《よういくひ》のうち半分近くは貯金《ちょきん》しているというので、いざというときの心配はない。ぼくはスマホもないし旅行もできないが、学校で必要なものや日々の食料を買えないということはない。頻繁《ひんぱん》に外食はできないが、こうしてたまに好きなコンビニのご飯や高めのアイスを買うこともできる。親の世話も、お金の心配もしなきゃならない人たちは本当に大変だ。

一人の夕飯を終え、アイスを食べながらパソコンを立ち上げると、悠太《ゆうた》から「元気か?」とラインがきていた。

「ヤングケアラーだけど元気」

と返そうと思ってやめた。

「映画《えいが》だけど、八月の終わりごろどう? 春斗《はると》の推《お》しが吹《ふ》き替《か》えしてる『ゴールデンアップル』

二十三日から公開なんだって」

「『ゴールデンアップル』面白《おもしろ》そうだしいいよ」

コンサートや遊園地ならともかく、こういう映画の誘《さそ》いなら、あきらめずに済《す》む。

離婚《りこん》した父親の七割《わり》が母子に養育費《よういくひ》を支払《しはら》わないと言われる中、ぼくに興味《きょうみ》のないお父さんが、残りの三割なのはありがたかった。八十年前から天然ガスの採掘《さいくつ》・精製《せいせい》・販売《はんばい》をしている割と大きな会社の社長だから、経済的《けいざいてき》に困《こま》っていないということもあるだろうが。

悠太《ゆうた》とのラインを終えたぼくは、お母さんが眠《ねむ》っているのを確《たし》かめ、そのままインターネットで〈幸島《さちのしま》〉について調べ始めた。

そして出てきた画像《がぞう》を見て、ぼくは息をのんだ。

ここだ……！

ぼくは、すぐにわかった。その風景に確かに見覚えがあったのだ。大きな山と小さな山がならぶ、ひょうたんを半分海に沈《しず》めたような独特《どくとく》の島の形。くびれた湾《わん》のところに広がる砂浜《すなはま》。その砂浜の黒い砂……なにもかも、記憶《きおく》と同じだった。

だが、この島には、今はだれも住んでいない。

ぼくは幸島《さちのしま》の歴史《れきし》を調べた。江戸時代《えどじだい》に対岸の海角平野《みづの》から人が移《うつ》り住《す》み、開拓《かいたく》が始まる。漁業と養蚕業《ようさんぎょう》に加え、昭和に入ると天然ガスが発見され、採掘所と精製工場で働く人々とその家族が増《ふ》え、最盛期《さいせいき》の一九五〇～七〇年代には、人口が二万人に達する。その後、採掘所の機械化と少子化で一万人弱まで減《へ》ってゆくが、二〇〇〇年代までは小学校が二つと中学校が一つあった。

その島に、ある日、事故《じこ》が起こる――。


当時のテレビニュースが、動画サイトにあった。そのサムネの数だけで、かなり大規模《だいきぼ》なニュースになっていたことがわかる。

「海角市幸島《みづのしさちのしま》のガス貯蔵《ちょぞう》タンクで爆発事故《ばくはつじこ》」

「工場から有害物質《ゆうがいぶっしつ》流出・広範囲《こうはんい》に飛散」

「全島民緊急避難《きんきゅうひなん》・不安と混乱《こんらん》の日々」

焼けて捻《ね》じ曲《ま》がった鉄骨《てっこつ》が、爆発《ばくはつ》の力を示《しめ》している。周りの山の木々もなぎ倒《たお》され、化学物質《かがくぶっしつ》のせいか木の葉の色が変色している。新聞社のヘリなのか、上空写真を見ると、爆発のあった採《さい》掘所《くつじょ》や工場と市街地が驚《おどろ》くほど近い。もともと採掘する人々のために長屋が造《つく》られ、街に発展《はってん》していったためだ。昔の街は駅を中心に栄えたというが、鉄道のない島では、この採掘所を中心に栄えていったことがよくわかった。

動画サイトにはニュース映像《えいぞう》が多く、一般《いっぱん》の人が撮《と》った動画は思ったより少なかった。ゼロ年代は、今ほどだれでも動画を撮っていたわけではなかったんだなと思った。

ぼくは次に画像を探《さが》した。マスコミだけでなく、普通《ふつう》の人が撮った写真も多かった。

玄関《げんかん》が開いたままの家やランドセルが置かれたままの教室。みんな急いで慌《あわ》てて逃《に》げたことがわかる。ガスと化学物質が充満《じゅうまん》した島は、立《た》ち入《い》り禁止《きんし》になった。運悪く、一番人口の多かった市街地「幸町《さいわいちょう》」は三方を山に囲《かこ》まれた地形だった。南側は海だったが、そこから吹《ふ》き込《こ》む風が、かえって有害物質を街に吹《ふ》き寄《よ》せる形となった。

すぐに収《おさ》まると思われていた事故《じこ》の被害《ひがい》は、「複合的《ふくごうてき》な汚染《おせん》の恐《おそ》れ」「人体への影響《えいきょう》は未知数」

「長期的な、少なくとも十年の調査《ちょうさ》が必要」とされた。

十年……ぼくは、その言葉を噛《か》みしめながら、次々と写真を見ていった。

時が止まった小学校。草ぼうぼうの校庭。映画のフィルムがかけられたままの映画館。ポスターは、ずっと前のアニメ映画だ。

そして「オープン寸前《すんぜん》だった遊園地」というタイトルの写真が出てくる。

古い灯台を改造《かいぞう》した展望台やメリーゴーラウンド。そして爆風で倒れた観覧車《かんらんしゃ》が、半分水の中に浸《つ》かっている。まるで水をくみ上げる水車のようだったが、この水車は動かない。一度も子どもたちを乗せないまま壊《こわ》れてしまった。水の中のゴンドラの席には、魚たちが泳ぐ。まるで魚たちのための観覧車だ。鳥たちが巣をつくった展望台、野ネズミたちのメリーゴーラウンド、野生化した猫《ねこ》がすむ売店……。

この遊園地だ。間違《まちが》いない!

「幸島《さちのしま》　遊園地」と検索《けんさく》すると「ハッピーアイランド」という名前が出てきた。十年前の春、「オープン直前に島内の事故により開園中止になった」とある。遊園地建設《けんせつ》のための水のくみ上げが原因《げんいん》で地盤《じばん》がゆらぎ、ガスタンクが爆発したのだ。一度も子どもたちを迎《むか》えることのないまま、廃墟《はいきょ》と化した遊園地――いや、違う。

ぼくは、ここへ行った。この遊園地は、ぼくを迎えた。ぼくと遊んだ。たった一度だけれど。

でも、事故が起こった島で遊園地が開園するわけがない。たとえ開園しても親が行かせるわけがない。実際《じっさい》ぼくはお母さんやお父さんと行った記憶《きおく》はない。じゃあ、だれと行ったんだ？　あの記憶《きおく》はなんだ？

ぼくはニュースの動画、新聞、週刊誌《しゅうかんし》、当時のことがわかりそうなあらゆるサイトを調べた。

そして……ぼくは思い出した。幸島《さちのしま》の天然ガスを採掘《さいくつ》していた企業《きぎょう》「アザクラ（安桜《あざくら》）」という名前。それはお父さんの会社の名であり、お母さんとぼくの昔の姓《せい》だった。

ぼくは五歳《さい》まで伊東透馬《いとうとうま》ではなく、安桜透馬《あざくらとうま》だったのだ。

あの事故《じこ》が起きた十年前の夏、ぼくはお祖母《ばあ》ちゃんの家に預《あず》けられていた。あまりニュースを観《み》ないお祖母ちゃんの家で、ぼくは犬と猫《ねこ》と遊び、子ども向けのテレビをずっと観ていた。そうだ。自分の家では一日一時間、決まった番組しか観せてもらえなかったから嬉《うれ》しかった。

夏休みではなく、夏休みの終わりから秋にかけて、なぜあんな中途半端《ちゅうとはんぱ》な時期に行かされたのだろう？　まるで、この事故から、遊園地から遠ざけられるように――。

そして別な記憶、あれはたぶん秋だ。大きなデパートにランドセルを買いにいった。お父さんはいなかった。お母さんとお祖母ちゃんと三人だった。

家にはすでにランドセルがあった。前の年から塾《じゅく》に行かされ、試験を受ける前から買って用意されていた、金の校章が入った制服《せいふく》と黒い革《かわ》のランドセル。

だけどそれらは使わなかった。その日、色とりどりのランドセル売り場で、お母さんは言った。

「どのランドセルが欲《ほ》しい？　透馬《とうま》の好きな色でいいのよ」

「ほんと？」

ぼくは喜《よろこ》んだ。ほんとは黒ではなく青いランドセルが欲しかったからだ。売り場のすみっこにあった、矢印のような模様《もよう》のついたランドセル――それは高学年になると、やや子どもっぽいと感じたのだが――そのときは世界で一番かっこよく見えた。

「これがいい！」

「いい色ね」

お母さんは笑って言った。でも、レジでお金を払《はら》うとき、なんだか泣いているみたいだった。そばで、お祖母ちゃんがその背中《せなか》をさすっていた。

「お母さん、どうしたの？」

お母さんの代わりに、お祖母ちゃんが答えた。

「なんでもないよ、透馬《とうま》。買い物終わったら、おいしいもの食べようね」

「うん！」

世界で一番かっこいいランドセルを買ってもらったことが嬉しくて、ぼくはただただはしゃいでいた。

ぼくはノートパソコンを閉《と》じた。記憶の箱のふたを閉じるように。でも、あふれた記憶は、もう元《もと》には戻らなかった。


その夜、ぼくはまた夢《ゆめ》をみた。

「幸島《さちのしま》」の夢だ。ぼくは、だれもいない街を歩く。ほんの少し前まで、たくさんの人が生活していたのに、人がみんな神かくしのように消えてしまった街。

ぼくは歩いてゆく。急いで人々が避難《ひなん》したので、ドアや窓《まど》が開けっぱなしの家もあった。ガラス戸が開いた「海鮮《かいせん》・漁師《りょうし》めし」と書かれた食堂《しょくどう》に、ぼくは入ってゆく。

テーブルの上には黒い四角い盆《ぼん》と、どんぶりとうるし塗《ぬ》りの椀《わん》と箸《はし》。どんぶりの上には、つやつやのお刺身《さしみ》と黒い海苔《のり》がのっている。おいしそうだな――そう思って近づくと、黒い海苔がぶわっと舞《ま》い上《あ》がった。それは海苔じゃなく無数の蠅《はえ》だった。羽音を立てて、たくさんの蠅が体中にまとわりつく。叫《さけ》び声《ごえ》を上げて逃《に》げようとすると、ガラス戸は開かない。

蠅にまとわりつかれながら、ガラス戸を叩《たた》いていると、ばりんという音がしてガラスが割《わ》れる。やっと外に転がり出ると、足がぐにゃりとした物を踏《ふ》んでいる。

ぼくはまた叫び声を上げる。それは鎖《くさり》につながれたまま、腐《くさ》りかけた犬の死体だった。そうだ、「幸島《さちのしま》」では避難するように言われても、すぐ帰れるだろうと犬や猫《ねこ》たちを置いていった人々がたくさんいた。だが、思った以上に深刻《しんこく》だった事故《じこ》のせいで、避難は長期化し、犬や猫たちは――。

ぼくはネットで見た写真を思い出す。「閲覧注意《えつらんちゅうい》」と書いてあるのに見てしまった、報道写真《ほうどうしゃしん》や、滞在時間《たいざいじかん》を制限《せいげん》され、防護服《ぼうごふく》を着た人々が撮影《さつえい》した島の惨状《さんじょう》。家の中は、食卓《しょくたく》の上の料理や、子ども部屋の読みかけのマンガがそのままだったが、よく見るとお皿の上の料理は固く乾《かわ》き、マンガの上にも黒いカビが見える。

時間はたったのだ。いばらの城と違《ちが》って。残されたものは朽《く》ち、動物たちの多くは死んでいった。

ぼくは目を覚ます。夏なのに体がふるえている。

開園するはずのなかった遊園地に行ったぼくの記憶《きおく》は何なのだろう？　あの魔法使《まほうつか》いやクマや子どもたちは、いったいだれだ？

確《たし》かめたかったが、だれに聞けば教えてくれるだろう。ぼくの記憶が定《さだ》かではない小さなころのことを一番知っている人間は、もちろんお母さんだが、心配性《しんぱいしょう》の上に何かを隠《かく》しているお母さんに聞くわけにはいかない。

次に知っているのはたぶんお父さんだが、こちらから積極的に会いたい人ではない。お父さんはもう、ぼくらに興味《きょうみ》はない。そして、お父さんの新しい奥《おく》さんは、お父さんがぼくらに会うことや、やりとりをすることを嫌《きら》っている。

お父さんの親戚《しんせき》とはもう没交渉《ぼっこうしょう》だし、もともと親しい人はいない。残る親戚はお母さんのお母さん、つまりお祖母《ばあ》ちゃんだ。お母さんは一人っ子で、お祖父《じい》ちゃんは亡《な》くなっている。お祖母ちゃんなら比較的《ひかくてき》聞きやすい。優《やさ》しいし、ぼくが小学校に入る前後の小さなころは、お母さんが外で働いている間、この部屋でぼくの面倒《めんどう》を見てくれた。

しかし、お母さんが話したがらないことを、お祖母ちゃんが教えてくれるだろうか？　それにこんな怪《あや》しい手紙に関するようなことをどれくらい知っているかわからない。結局、あの人に聞くのが手っ取り早い。

ぼくは初めて自分で、村野《むらの》先生の小児科《しょうにか》に予約を入れた。

4 島へ

あの手紙がきてから、正確《せいかく》にはあの黒い砂《すな》がお母さんに見つかってから、ぼくとお母さんはぎくしゃくしていた。黒い砂の入った袋《ふくろ》は、お母さんがどこかに仕舞《しま》ったのか捨《す》てたのか見当たらず、それを聞くこともできなかった。

あれからお母さんはパートを休み、昼間から寝《ね》ていることが多くなった。

そうなると、ぼくはお母さんが気になって勉強に集中することができず、いくら安全圏《あんぜんけん》とはいえ、このままでは本当に第《だい》一志望《しぼう》に合格《ごうかく》できるのかと不安になってきた。すべり止めの私立《しりつ》を受験する余裕《よゆう》はないし、もう一つ下のランクの公立は、家からかなり遠いうえに今時ヤンキーが幅《はば》をきかせているという噂《うわさ》で、ぜったいに行きたくなかった。

塾《じゅく》に行く代わりに買った問題集が進まず、苛々《いらいら》していたぼくにお母さんが言った。

「透馬《とうま》。お母さん、ちょっと入院してくるから」

「えっ?」ぼくは焦《あせ》った。

「ちょ、なにそれ。どっか悪いの?」

もしやがんとか?　母子家庭からついに孤児《こじ》(正確には違《ちが》うが)になるのかと、さすがに心臓《しんぞう》がばくばくしてきた。

「ううん。いつもの不調。でも、今は透馬《とうま》が大事なときだから、村野《むらの》先生にご相談したの。そうしたら、『知り合いの病院に、大部屋でよければ一か月くらい静養できるところがありますよ』って」

なんだ……ぼくはほっとした。

もうパート先の〈ぐりーんふぁーむ〉には八月いっぱい休みをとったとお母さんは言った。ちょうど夏休みで学生アルバイトがすぐ見つかったからよかった、と。

「そうなんだ……」

「今まで言わなくてごめんなさいね。これ、一か月分の食費《しょくひ》とか生活費」

お母さんは買い物用と呼《よ》んでいる二《ふた》つ折《お》りの財布《さいふ》を出した。五枚《まい》の一万円札とスーパーやクリーニングの会員証《かいいんしょう》や割引券《わりびきけん》が入っていた。

「こんなにいらないよ。もうすぐ一日だし……」

ぼくはカレンダーを見た。毎月一日は、お父さんから渡《わた》される養育費を受け取りにいく日だった。

「わかってるわ。もちろんそれもつかっていいわよ。できればだいたい何につかったか書いておいてくれる？　千円単位でいいから」

「わかったよ。病院は、いつから行くの?」

「明後日《あさって》よ」

そう言うお母さんの顔は、最近にしては晴れ晴れとしていた。きっとぼくと同じように、お互《たが》い嫌《きら》いではないけれど、狭《せま》くて暑いアパートの中で気をつかい、ストレスになっていたのだ。

「うん。ゆっくり休んできて」

「ありがとう——」

そして七月の終わりに、お母さんは村野《むらの》先生の知り合いの病院に入院した。

一人きりのアパートは、いつもよりクーラーの効《き》きがよく、夜はやたらととなりと下の物音が響《ひび》いた。

一日目は眠《ねむ》れなかったこともあってネットを見まくったが、一気に怪《あや》しい広告《こうこく》とメールが増《ふ》えた。これはいくら履歴《りれき》を消してもヤバいなと思っていたら、二日目には急に英文字がびっしり書かれた黒い画面が出てきて、いくらキーボードを叩《たた》いても再起動《さいきどう》しても消えなくなった。どうやらウイルスに感染《かんせん》したらしい。

「ヤバい……」

入院中の親を、こんなことで呼《よ》ぶわけにはいかない。かといって一か月インターネットが使えないのはキツい。ぼくは迷《まよ》った末、市から配られた生活便利帳に載《の》っていた〈町《まち》のパソコン修理《しゅうり》

屋《や》さん〉という店に電話した。しかし、

「ああ、その状態《じょうたい》は完全にウイルスですね。見てみなければわかりませんが、修理代《しゅうりだい》は三万からになります」

と言われ、三万という金額《きんがく》におののいていると、さらにこう聞かれた。

「それとプロバイダと契約《けいやく》したときのパスワードやIDナンバーが必要ですが、わかりますか？」

「えっ……それ、契約しているのは母親なので、わからないんですが」

「母親？」と小さく呟《つぶや》き、相手はこう続けた。

「そうですか。ご契約者は、ご本人じゃないんですね。それでは、ちょっと……」

断《ことわ》られてしまった。

どうする？　やっぱり病院のお母さんに……いや、入院二日目の親に「変なサイト見てたらウイルスに感染《かんせん》しちゃったからパスワード教えて」なんて言えるわけがない。

詰《つ》んだ。

ぼくはどさりと床《ゆか》に倒《たお》れ、染《し》みだらけの天井《てんじょう》を仰《あお》いだ。受験生なのに、母親の病気、唯一《ゆいいつ》の情報収集道具《じょうほうしゅうしゅうどうぐ》であるパソコンの故障《こしょう》――この夏休みは、ひかえめにいって最悪だ。

しかし、それは今思うと、まだまだ序《じょ》の口《くち》だったのだ。

八月一日。月の始めはいつも、お父さんの秘書《ひしょ》の城田《しろた》さんに会う日だ。

お父さんとお母さんが離婚《りこん》してから、月に一回ぼくらの様子を見に来る。お父さんは、以前は銀行にお金を振《ふ》り込《こ》むだけだったが、何度目かのとき、お母さんの精神状態《せいしんじょうたい》が不安定になったことから、ときどき実際《じっさい》に会ったほうがいいということになったのだ。

しかし新しい奥《おく》さんは、お父さんの秘書ですら元妻《もとつま》に接触《せっしょく》するのを嫌《いや》がり、お母さんも、城田《しろた》さんが新しい奥さんの親類にあたると知ってから会いたがらなくなったので、この「面会」はぼくの役目になった。

最初はすごく嫌だったこの役目だが、今ではすっかり慣《な》れた。というより、あるときから、お母さんといるより城田《しろた》さんといるほうが楽になっていた。

お母さんが嫌《きら》いなわけではない。でも、精神的に不安定で終始気をつかって話さなければならない人と安定した人では、後者のほうが話しやすいのは当たり前だ。

城田《しろた》さんはプロの秘書で、中学生と話していて急にぼーっとしたり泣き出したりはしない。それが嬉《うれ》しい。

月に一度の「面会」の日は、いつも家の近くの古い喫茶店《きっさてん》だ。

バネが壊《こわ》れた合皮のソファーに座《すわ》っている、ぱりっとした白いシャツにストライプのネクタイをした城田《しろた》さんの姿《すがた》が見えた。客層《きゃくそう》のほとんどが近所の町工場や事務所《じむしょ》で働いている人や商店街のお年寄《としよ》りという店で、ビジネス雑誌《ざっし》から抜《ぬ》け出《で》たような城田《しろた》さんの格好《かっこう》は一人だけ浮《う》いている。この辺りを再開発《さいかいはつ》するために地上《じあ》げ交渉《こうしょう》にやってきた不動産屋のやり手サラリーマンと言っても、信じる人がいそうだ。

「こんにちは」

ぼくが声をかけて向かいに座《すわ》ると、タブレットで経済新聞《けいざいしんぶん》を読んでいた城田《しろた》さんは顔を上げ、

「やあ、久《ひさ》しぶり」

と、手を上げた。「あれ？　少しやせたかな」

「ちょっと麻疹《はしか》にかかっちゃって……」

「小さいときにかかってなかったんだ」

「かかったけど、二度目なんです」

「へえ、珍《めずら》しいね」

背《せ》が高くてさわやかで、学校の先生だったら女子に人気だったろうなといつも思う。

「他には、何か困《こま》ったことない？」

「いえ、別に」と答えると、城田《しろた》さんは苦笑《くしょう》した。

「まあ、中学生が、『困ってる？』なんて言われて困ってること話すわけないか」

城田《しろた》さんは、こういう勘《かん》のいいところが好きだ。お父さんの今の奥《おく》さんの従弟《いとこ》で、会社に入ったときは、陰《かげ》で「縁故入社《えんこにゅうしゃ》」と言われたそうだが、どんどん業績《ぎょうせき》を上げて、今ではお父さんの右腕《みぎうで》になっていると聞いた。

城田《しろた》さんはアイスコーヒー、ぼくはオレンジジュースを頼《たの》んだ。

「困ってるっていうか……聞きたいことがあったら教えてくれますか？」

「何だい？」

「〈幸島《さちのしま》〉っていう島のことについて、聞いてもいいですか？」

「〈幸島《さちのしま》〉？」

城田《しろた》さんは表情《ひょうじょう》を変えなかった。

「あ、最近、テレビとか週刊誌《しゅうかんし》とかでニュースになってて……。十年前、お父さんの会社が事故《じこ》起こしたんですよね？」

「ああ、そうだよ。でも心配することはない。『十年は影響《えいきょう》がわからない』なんて言われたガスや化学物質《かがくぶっしつ》の影響もないとわかったからね。風評被害《ふうひょうひがい》だよ。事故そのものの被害に対しては、お父さんは充分《じゅうぶん》な補償《ほしょう》をしているし、大多数の人たちは納得《なっとく》している。まだ文句《もんく》を言ってるのは、ほんの一部の人たちだよ」

「………」

城田《しろた》さんは、少しぼくに顔を近づけ、こう聞いた。

「透馬《とうま》君。まさか、こういうこと、お母さんに聞いたりしてないよね？」

「あ、はい」

城田《しろた》さんはにっこり笑い、コーヒーを飲んだ。

「そうだね。心配させるようなことは言わないほうがいい」

ぼくはなぜか、「お母さんに、心配かけちゃいけないよ」と村野《むらの》先生に言われたことを思い出した。二人はまったく関係ないのに、同じことを優《やさ》しげだが強く言った。

「お母さんに、あの島のこと言うと心配するんですか？」

「お母さんは、君に関することは何でも心配するよ。とにかく君は、余計《よけい》なことはしないほうがいいってことだ」

城田《しろた》さんは、唐突《とうとつ》に財布《さいふ》から一万円札を取り出すと、封筒《ふうとう》の上に置いた。

「これはお母さんに渡《わた》す生活費《せいかつひ》とは別だ。君が欲《ほ》しいものを買うといい」

「えっ、でも……」

「いいよ。君は僕《ぼく》の親戚《しんせき》の子みたいなものなんだから」

「はい……ありがとうございます」

ぼくはお金を受け取った。正直、臨時収入《りんじしゅうにゅう》は嬉《うれ》しかった。

「だから、何か悩《なや》みがあったら言ってくれよ」

うなずきながら、ぼくは決してそんなことはしないだろうと思った。初めて、この人が信じられないと思ったのだ。

「それじゃ、また来月」

「はい。ありがとうございました」


ぼくは知りたかった。不自然に隠《かく》された記憶《きおく》と、あの手紙の意味――五歳《さい》の夏、なにがあったのか。あの魔法使《まほうつか》いは何者なのか、手紙を送ってきたのは誰《だれ》なのか。

ぼくはお母さんに内緒《ないしょ》で、引き出しから自分名義《めいぎ》の郵便貯金通帳《ゆうびんちょきんつうちょう》を取り出した。

お父さんから毎月支払《しはら》われる二十万円から、お母さんがやりくりした月々数万円が貯金にまわされ、十年分溜《た》まっている。ときどき減《へ》っているのは、中学入学や修学旅行《しゅうがくりょこう》のときだ。トータルでは思ったより大きな額《がく》になっていて、ぼくは驚《おどろ》いた。漠然《ばくぜん》と「母子家庭だから公立高校だな」と思っていたけど、私立《しりつ》に進んでも大丈夫《だいじょうぶ》なくらいだ。でも私立の高校に進んだら、大学に行く前に使い切ってしまう。そんな額だった。

暗証番号《あんしょうばんごう》はぼくの誕生日《たんじょうび》だとわかっていたので、郵便局のATMで五千円おろした。城田《しろた》さんからもらった一万円とこれで、二つとなりの県にある〈幸島《さちのしま》〉まで、電車とフェリーを乗《の》り継《つ》いで行ってこられるはずだ。

引き出しに通帳を戻《もど》すとき、一番奥《おく》に何かがビニールでぐるぐる巻《ま》きになっているのに気がついた。ビニールの上からは、ほどけないようマスキングテープがべたべたと貼《は》ってあり、なにかホラー漫画《まんが》に出てくる呪《のろ》いのアイテムみたいだったが、中から出てきたのは、あの黒い砂《すな》の袋《ふくろ》だった。

「なんで……？」

まるで呪われた物を封印するかのように、包んで縛《しば》ってある物体より、そんなことをするお母さんの精神状態《せいしんじょうたい》のほうが、ぼくは怖《こわ》かった。なんなんだ、いったい？

見たくないものなら捨《す》てればいいのに、なぜこうまでして取っておくんだ？


翌日《よくじつ》、ぼくは海角《みづの》駅のホームに立っていた。

なぜここまで時間とお金をかけて来たのか、自分でもよくわからなかった。なぜねむりひめが十五歳《さい》の誕生日《たんじょうび》に、糸車を一台だけ隠《かく》しておいたような塔《とう》に行ったのかわからないように。

ぼくは海へ向かって歩き出した。

〈幸島《さちのしま》〉へ行くには、幸島《さちのしま》が含《ふく》まれる海角市《みづのし》の駅を降《お》り、百メートルほど先のフェリー乗り場から海を渡《わた》る。駅を降りると、バスやタクシーが数台停《と》まっているロータリーには、巨大《きょだい》な看板《かんばん》が立っていた。

〈花と緑の博覧会《はくらんかい》　フラワーフェスティバル20××〉

二年後にそんな催《もよお》しがあるんだ、と思った。看板には赤や黄やピンクの花で彩《いろど》られた幸島《さちのしま》の地図の上に、さまざまな形の温室のようなパビリオンが並《なら》び、「はなまるくん」という花をモチーフにした海角市公認《みづのしこうにん》キャラクターが飛んでいた。

「はなまるくん」の足元を通り、幸島《さちのしま》行きフェリー乗り場にゆくと、小さな券売所《けんばいじょ》をかねた売店と赤いポストがあった。

ポストにはラミネート加工された紙が貼られ、こう書いてあった。

このポストに投函《とうかん》された郵便物《ゆうびんぶつ》には、幸島郵便局《さちのしまゆうびんきょく》の消印が付きます

観光地にときどきある特別な消印か、と見ながらぼくははっとした。

そうだ。今、定住者のいない幸島《さちのしま》には郵便局もないはずだ。あの手紙の主は、わざわざこのポストから出したんだ。幸島《さちのしま》の消印を押《お》した手紙を、ぼくに見せるために？　それとも、なにか他の目的があったのだろうか？

乗り場には一隻《せき》の白いフェリーが泊《と》まっていた。

そのフェリーを眺《なが》めながら、ぼくは大きく深呼吸《しんこきゅう》した。今からこのフェリーに乗って幸島《さちのしま》に渡れば、いよいよすべての謎《なぞ》がとける——そんな気がしたのだ。

しかし、そんなぼくの予想は、あっけなく打《う》ち砕《くだ》かれた。

「幸島《さちのしま》まで、往復《おうふく》一枚《まい》ください」

と言ったぼくに、券売所《けんばいじょ》の人は告《つ》げた。

「幸島行《さちのしま》きのフェリー？　ないよ」

「えっ？」

「惜《お》しかったね。定期便は来月からだよ」

「じゃ、じゃあ、あそこに泊《と》まってる船は？」

ぼくはフェリーを指さした。

「さいわい丸《まる》？　あれは今、島で工事とかしてる人の生活用品と、資材《しざい》の運搬用《うんぱんよう》なんだ。普通《ふつう》の人は乗せられないよ」

そうか。十年前の事故《じこ》以来、フェリーの定期便は出ていないのだ。

考えてみれば当たり前だ。だれも住んでいない島に行って帰る人がいるわけがない。往復の電車代が無駄《むだ》になった……と、あまりにがっかりしているぼくを見て同情《どうじょう》したのか、その人は「フェリー時刻表《じこくひょう》9・1〜」という小さい紙と「〈さちのしま復幸祭《ふっこうさい》〉のお知らせ」と書かれたチラシを渡《わた》してくれた。

「まあ、来月からは一日三回の往復便が出るから」

「はい……」

ぼくは礼を言って時刻表《じこくひょう》とチラシを受け取った。九月一日、幸島《さちのしま》は一部を除《のぞ》く居住《きょじゅう》が許可《きょか》され、それを祝うイベントが開かれる。それは〈復興《ふっこう》〉ではなく〈復幸《ふっこう》〉なんだ、と思った。

「あ、そうだ。もっと小さい船ってありませんでしたっけ？」

「小さい船？」

「そうです。漁船みたいな……」

「ああ、むかしはそういう釣《つ》り船《ぶね》もあったし、個人営業《こじんえいぎょう》の海上タクシーもあったよ」

「今は？」

ちょっと間を置いて、券売所の人は言った。

「あるわけないだろ。渡れないいんだから。釣りする人だっていないしさ」

「あ、はい……すみません」

ぼくはチラシを持ってフェリー乗り場に出た。そして〈さいわい丸《まる》〉を眺《なが》めながら、自分が十年前に乗ったのは小さな船だった――ということはたぶん海上タクシーだ、と思った。

乗り場には、ぼくの他にも何組かフェリーを見ている人たちがいた。

「もうすぐだねえ」

そう言いながら、島のほうを見ている老夫婦《ろうふうふ》。

「あっちゃんはまだ、生まれてなかったよね」

「もうすぐパパとママの生まれた島に行けるんだよ」

と言いながら、小さな子を抱《だ》き上《あ》げている若《わか》い二人。

ああ、きっとあの島で生まれて暮《く》らしていた人たちだ。

目的の場所に行けないとわかって気が抜《ぬ》けたぼくは、せめて島の姿《すがた》を見ていこうと思い、ベンチに座《すわ》った。

少し離《はな》れたとなりのベンチには、十代の男の子と女の子が座って島を眺《なが》めていた。男の子のほうは金髪《きんぱつ》で、いくつもピアスをあけ、穴《あな》のあいたデニムに黒いTシャツを着ていた。左手の甲《こう》は何か英語のタトゥーが入っていて、ぼくと同じくらいの年なのにかなり迫力《はくりょく》があった。クラスにいたら関わらないよう気をつけるタイプだ。

ポニーテールの女の子のほうは、タンクトップにショートパンツで、日に焼けた長い素足《すあし》に白いスニーカーをはいている。その格好《かっこう》のせいか運動選手のようで、カップルにしてはタイプが少し違《ちが》うなと思った。肩《かた》から下げたショルダーバッグには、かなり古いクマのぬいぐるみがついていたが、見たことのないキャラクターだった。

「〈復幸祭《ふっこうさい》〉なんてバカみてぇじゃん。俺《おれ》は来ねぇよ」

「じゃ、勝手にすれば。あたしは来る。ナナミたちも出るしね」

そんな会話が聞こえてきた。そのうち、ぼくはあることに気づいた。男の子と女の子の顔はよく似《に》ている。いや、はっきり言って同じだった。

きょうだいかな？　いや、年も同じくらいだからもしかして双子《ふたご》？

ぼくが見ているのに気づいたのか、急に男の子が立ち上がって歩いてきた。

「なんだよ？」

「え……っ？」

男の子はベンチの背《せ》に手をついて、ぼくを見下ろした。壁《かべ》ドンならぬベンチドンだ。ごつい手の甲に、LORDとナントカというタトゥーが見えた。LORDって何だっけ？　主《あるじ》とか、神とかだっけ？

「なに見てんだ。ああ？」

うわあ、神さま助けてくれ！　ぼくは祈《いの》ったが、助けてくれたのは神ではなかった。

「アオ、何やってんの！」

女の子にアオと呼《よ》ばれた男の子が、飼《か》い主《ぬし》に呼ばれた猟犬《りょうけん》のように、さっとぼくから離《はな》れた。

歩いてきた女の子は男の子をにらみつけ、ぼくに言った。

「ごめんね」

「う、うん」

近くで見ると、見惚《みほ》れるほどきれいな女の子は、男の子をもう一睨《ひとにら》みし、そのごつい肩《かた》を叩《たた》いて押《お》すように歩き出した。やっぱり似《に》ている。

ぼくと同じくらいの双子《ふたご》……もしかして？　いや、そんな簡単《かんたん》に、あのときの二人に会えるはずがない。そう思いながら駅に戻《もど》ると、なんとまた同じ双子がいた。

驚《おどろ》いたが、電車の本数が少ないので、どうしても待つ時間が長いのだ。

「偶然《ぐうぜん》だね。もしかして、十年前にぼくと幸島《さちのしま》で会わなかった？」

なんて話しかけるどころか見ているだけで、また男の子に因縁《いんねん》をつけられそうなので、ぼくは二人から目をそらし、巨大《きょだい》な〈フラワーフェスティバル〉のポスターを見た。空を飛ぶはなまるくんの下、島の入り口である「みなと広場《ひろば》」には、たくさんの企業《きぎょう》パビリオンの完成予想図が描《えが》かれ、協力企業のところにはアザクラ燃料《ねんりょう》の名前があった。

そうか、お父さんの会社も関わっているのか。よく考えたら地元の大企業《だいきぎょう》の一つだし、この島の事故《じこ》にも関わっているのだから当たり前か。

「桜《さくら》って、ムカつくよね」

ふいに女の子の声が聞こえた。桜がムカつく？

ぼくはポスターを見るふりをして、そっと二人のほうを見た。女の子が窓越《まどご》しに見ているのは、線路と並《なら》んで走る国道にそって植えられた桜並木《さくらなみき》だった。桜の木は細く、植えられて何年もたっていないことがわかった。桜がムカつくってどういうことだろう?

「燃《も》やしてやろうか」

男の子が笑いながら言った。

「ばーか」

女の子がくるりと窓に背《せ》を向けた。

「生木って、そんなに簡単に燃えないんだよ」

そう言いながら窓に寄《よ》りかかると、ちょうどぼくと目が合った。女の子は「あれ?」という顔をしたが、ぼくは男の子に気づかれないよう背を向けた。

「油かけりゃいい」

男の子が言った。電車が着いたのでぼくはホームに向かった。二人はぼくと反対方向に乗るのか、まだ「サラダオイルじゃだめだよ」「ガソリンか?」といった物騒《ぶっそう》な話を続けていた。

その日の夜、なんとなくつけたテレビのニュースに、ぼくは釘付《くぎづ》けになった。

「海角市《みづのし》の復興街路樹《ふっこうがいろじゅ》に不審火《ふしんび》がありました」

なんだって?

リモコンを取り、音を大きくした。自分の知っている場所、しかも数時間前にいた場所がテレビのニュースに出るなんて初めてだった。

「午後八時ごろ、海角市《みづのし》の街路樹《がいろじゅ》が燃《も》えているという通報《つうほう》がありました。消防車《しょうぼうしゃ》が駆《か》け付《つ》け、二十分後に鎮火《ちんか》しました。燃えていた樹《き》は、対岸にある幸島《さちのしま》の事故《じこ》からの復興《ふっこう》を願って植えられたもので、市民の間には怒《いか》りと不安の声が上がっています」

画面には、仕事帰りに発見し通報したという男性《だんせい》の撮《と》った動画が映《うつ》った。闇《やみ》の中で燃え上がる細い樹と、その炎《ほのお》に照らされた白いガードレールや夏草がくっきりと映っている。そして画面は切《き》り替《か》わり、首から下だけの「近隣《きんりん》の住民」が、

「ほんとに怖《こわ》いですよね。海風の強くない日でよかった」

「せっかく小学生とかみんなで植えた樹なのに、酷《ひど》いですよね」

と、口々に語っていた。

「県警《けんけい》は自然発火と放火の両面から捜査《そうさ》を進めています」

嘘《うそ》だろ……。

「桜《さくら》って、ムカつくよね」

というあの女の子の言葉を、ぼくは思い出した。

もしかして、あの二人が？　いや、そんな馬鹿な……。

ぼくはそれからずっとテレビや新聞で、その事件《じけん》の続報を探《さが》したが、翌日《よくじつ》も翌々日も「放火犯《ほうかはん》捕《つか》まる」といったニュースはなかった。ネットにはもっと情報《じょうほう》があるかもしれない、と思うと、パソコンが使えないのがはがゆかった。

だが一週間ほどたったころ、新聞に載《の》っていた週刊誌《しゅうかんし》の広告《こうこく》で、あの不審火《ふしんび》のことが記事になっていることがわかった。ぼくはコンビニでその週刊誌を探した。表紙はきわどいビキニを着たグラビアアイドルだったので、ちょっと買うのに勇気がいった。

「フラワーウォッシュ？　復興桜《ふっこうざくら》なんていらない！　欺瞞《ぎまん》の象徴《しょうちょう》に怨嗟《えんさ》の声」

そんなタイトルがついた記事には、幸島《さちのしま》の写真がついていた。


海角市《みづのし》の桜《さくら》が燃えた。

海角市《みづのし》といえば、十年前の幸島《さちのしま》の事故を思い出す人も多いだろう。アザクラ燃料《ねんりょう》の天然ガス採《さい》掘所《くつじょ》が爆発《ばくはつ》を起こし、死者こそ出なかったものの、全島民が避難《ひなん》するという大事故になった。海沿《うみぞ》いの桜はその復興を願って、アザクラ燃料《ねんりょう》が費用《ひよう》を負担《ふたん》し、市民が植えた桜だ。しかし、その桜を快《こころよ》く思わない人々もいる。

「あれはアザクラが事故を隠《かく》すために植えたもの。苗木《なえぎ》のときは気づかなかったが、育つと道から視界《しかい》を遮《さえぎ》って島が見えなくなる。自分たちの事故を隠すためだ」

　そう語るのは、アザクラ社との交渉《こうしょう》にあたる幸島《さちのしま》漁業組合長の井澄《いすみ》さん。

「アザクラは十分な補償《ほしょう》を払《はら》わず逃《に》げ回《まわ》っている。あの桜並木《さくらなみき》を苦々しく思っている人は多い」

（中略《ちゅうりゃく》）

「だが、『復興《ふっこう》』という美名の下で多くのものが覆《おお》い隠《かく》されていることを知ってほしい。スポーツイベントで政治《せいじ》の問題から市民の関心をそらすことを海外ではスポーツウォッシュと呼《よ》ぶ。そのように、花で問題を隠《かく》そうとするのはフラワーウォッシュだ」

　幸島《さちのしま》では来月、全島帰還《きかん》を祝う〈復幸祭《ふっこうさい》〉が企画《きかく》され、さらに二年後には〈花と緑の博覧会《はくらんかい》フラワーフェスティバル〉の開催《かいさい》が予定されているが、十年ぶりに故郷《こきょう》に戻《もど》る人々が生活を立て直すのは簡単《かんたん》ではない。


　記事を読み終わって、ぼくは息苦しくなった。

　自分たちの会社が起こした事故《じこ》の痕跡《こんせき》を、対岸から見えなくするよう植えられた桜。あの二人だけでなく、もっとたくさんの人が、桜並木を苦々しく思っているんだ——。

5 魔《ま》法《ほう》使《つか》いの告《こく》白《はく》

欠けたパズルのピースのように、抜《ぬ》け落《お》ちた五歳《さい》の夏の記憶《きおく》。

ぼくはなぜ、あの島に知らない人たちと行ったんだろう？　そして、それがなかったことにされているんだろう？

特にお母さんにとっては、「自分を責《せ》める」忌《い》まわしい記憶になっている。あの不思議なサーカスのような人々は、いったい何者だったんだろう？

図書館で調べてわかったのは、〈幸島《さちのしま》〉にはお父さんの会社アザクラ燃料《ねんりょう》の天然ガス採掘所《さいくつじょ》と精製工場《せいせいこうじょう》があったが、事故を起こして人が住めなくなったということ。会社は島民に賠償金《ばいしょうきん》を払ったが、一部にまだ不満があり裁判《さいばん》を続けている人たちがいること。十年続く裁判の争点は、「遊園地の工事が始まる前から事故を起こす可能性《かのうせい》に気づいていたのに、何の対策《たいさく》も取っていなかった」ということで、一審《しん》では原告側《げんこくがわ》の住民が勝訴《しょうそ》したが、会社側は控訴《こうそ》し、今は二審目を争っているということだった。

とある考えが浮《う》かんだ――ぼくはひょっとして、事故のせいで恨《うら》みを持つそういう人たちに身《み》代金目的《しろきんもくてき》で誘拐《ゆうかい》されたんじゃないだろうか？

一見、つじつまが合いそうな想像《そうぞう》だった。でも、おかしい。アザクラ燃料《ねんりょう》は、全国規模《ぜんこくきぼ》でテレビCMを流すような巨大《きょだい》なエネルギー会社ではないが、この地方ではそれなりに大企業《だいきぎょう》なのだ。いわゆる地方財閥《ちほうざいばつ》の一つで、ぼくの五歳《さい》以前のアルバムの中には、有名な政治家《せいじか》や芸能人《げいのうじん》を呼《よ》んだ親戚《しんせき》の豪華《ごうか》な結婚式《けっこんしき》の写真もある。

そんな会社社長の幼《おさな》い息子《むすこ》が誘拐《ゆうかい》され、身代金《みのしろきん》を要求されたのなら、さすがに報道《ほうどう》された記録が残っているはずだ。だがパソコンがウイルスに感染《かんせん》する前、「アザクラ燃料《ねんりょう》」で検索《けんさく》したときも、そんな事件《じけん》のことは一行も出てこなかった。

誘拐でなかったら、だれがなんのために、ぼくを島に連れていったのだろう？

お母さんとお父さんには聞けない。信頼《しんらい》できる人だと思っていた城田《しろた》さんも、暗に「聞くな」「調べるな」と言う。

そうなると、やっぱり村野《むらの》先生だ。

先生は、きっとなにかを知っている。体が弱いわけではないぼくの診察《しんさつ》を、十年も続けてきた先生。あんな世界各地でボランティアをするような先生が、無駄《むだ》な診察をするはずがない。あの手紙と砂《すな》のことも、先生に聞けば、なにかわかるだろう。

だが先生に聞く前に、まったく思いもよらない形で、ぼくは自分に起きたことを知らされることになった。

それは朝の八時過《す》ぎだった。まだ起《お》き抜《ぬ》けのぼうっとしている時間にインターフォンが鳴った。ドアを開けると、城田《しろた》さんが立っていた。

「城田《しろた》さん？」

「やあ、おはよう」

いつも外で会う城田《しろた》さんが、家の玄関《げんかん》にいるのは不思議だった。背《せ》の高い城田《しろた》さんが立っていると、狭《せま》いアパートの造《つく》りがより狭く感じられた。

「透馬《とうま》君。悪いけど、しばらくこの家を離《はな》れてくれないか？」

「は？　どういうことですか？」

城田《しろた》さんは無言で真新しい週刊誌《しゅうかんし》を見せた。その表紙には、こんな文字があった。

――独占告白《どくせんこくはく》。「十年前、私《わたし》はアザクラ燃料《ねんりょう》社長の息子を誘拐しました」――

「これ……？」

ぼくは呆然《ぼうぜん》とした。少しずつピースを並べて輪郭《りんかく》をつくっていたパズルのとなりに、いきなり完成品をドンと置かれ、

（ほら、おまえの知りたかった過去《かこ》はこれだろう？）

と言われたような気分だった。そんなぼくを見て、意味がわからず絶句《ぜっく》していると思ったのだろ

う。城田《しろた》さんが、

「実は、その雑誌《ざっし》に載《の》っている『誘拐《ゆうかい》された息子《むすこ》』っていうのはね……」

と、言いかけた。

「知ってます」

「えっ？」

「これ、ぼくですよね？」

「どうして？」

「どうしてって……アザクラ燃料《ねんりょう》って、お父さんの会社ですよね。ということは……」

「ああ、君のことだ」

城田《しろた》さんがうなずいた。ぼくは確信《かくしん》した。そうか。やっぱりぼくは誘拐されたんだ。

「この間、〈幸島《さちのしま》〉のことを聞いたのはそういうことか」

「はい。写真とかいろいろググって。でも、誘拐事件《ゆうかいじけん》の記録はなかったのに」

「君が誘拐されたことは、警察《けいさつ》に届《とど》けられていないからだよ。だから事件として記録されていないし、報道《ほうどう》されてもいない」

「えっ？　ど、どうして？」

「君が無事に帰ったからだよ。事を大きくするのはよくないと社長が思ったんだ」

ぼくは頭が混乱《こんらん》した。

あれ？　誘拐って、未成年者略取《みせいねんしゃりゃくしゅ》って、それだけで犯罪《はんざい》じゃなかったか？　そんな本人や家族がいいって言うんで、警察には届けませんっていう罪《つみ》だっけ？

でも、とにかくお父さんは警察に届け出なかった。いや、むしろ隠《かく》したんだ。そんなことが世間に知れたら、余計《よけい》アザクラが「世の中の恨《うら》みを買っている企業《きぎょう》」として有名になってしまうからだろう。

「透馬《とうま》君、いいかい？　この記事を見て、他のマスコミが取材に来るかもしれない。そうなると、君の周りが騒《さわ》がしくなる……」

ぼくははっとした。お母さんの精神状態《せいしんじょうたい》が……。

「ヤバい……ですよね」

「そうだ。だから当座《とうざ》の荷物だけまとめて、君のお母さんのお母さん、立石村《たていしむら》のお祖母《ばあ》さんの家に行ってくれないか」

「お祖母ちゃんの？」

立石村《たていしむら》は、ここから車で一時間くらいの、お母さんの実家のある村だ。

「ああ。とりあえず一週間でいい。お祖母さんのほうにはもう承諾《しょうだく》はとってある」

ぼくは迷《まよ》った。今年七十だが元気で口うるさくないお祖母ちゃんは嫌《きら》いではない。だが、なんでこんなに急に、慌《あわ》ただしく追われるように家を出なければならないのかと怒《いか》りも湧《わ》いた。充分《じゅうぶん》に準備《じゅんび》しての旅行だったら、それなりに楽しかったのに。

「わかりました。その代わり……」

「その代わり？」

「その雑誌《ざっし》ください」

「ああ」

なんだ、と安堵《あんど》したように城田《しろた》さんの顔がほころんだ。ぼくがもっと法外な要求をするとでも思ったのだろう。

「いいよ。じゃあ、二十分後に。そこの駐車場《ちゅうしゃじょう》で待ってるよ」

二十分後にアパートの駐車場に行くと、城田《しろた》さんはコンビニでパンや飲み物を買って待っていた。ぼくは適当《てきとう》につめた着替《きが》えや宿題のプリント、そしてあの手紙と黒い砂《すな》を入れたリュックを後部座席《こうぶざせき》に置き、助手席に乗《の》り込《こ》んだ。

「雑誌、読んでもいいですか？」

「酔《よ》わない？」

「大丈夫《だいじょうぶ》です」

乗り物酔いはしたことがない。静かに動き出すハイブリッド車の中で、ぼくは小さく深呼吸《しんこきゅう》し、スクープで有名な週刊誌《しゅうかんし》〈フライヤー〉を読み始めた。

ぼくを十年前に誘拐《ゆうかい》した犯人《はんにん》は、松本幸生《まつもとゆきお》（44）という男だった。幸島《さちのしま》出身で、対岸にある地元の公立高校を出た後、有名なT大学の教育学部に進学し、卒業後はアジア・アフリカ諸国《しょこく》をバックパッカーとして旅する。英語・中国語が堪能《たんのう》、特技《とくぎ》はジャグリングと手品……旅行会社や出版社《しゅっぱんしゃ》に契約社員《けいやくしゃいん》として勤《つと》めていたが、現在《げんざい》は無職《むしょく》、そしてがんのステージ4で闘病中《とうびょうちゅう》だった。

「死ぬ前に告白《こくはく》と謝罪《しゃざい》をしたいと思いました」

「自分が十年前に、ガス事故《じこ》を起こした社長の息子《むすこ》を誘拐しました」

「お子さんが島にいたのは四時間ほどです。健康に害はありません」

「犯行はすべて自分が計画し、実行しました。車の運転など協力してくれたのはすべてネットで募《つの》り日給を渡《わた》した人で、彼《かれ》らは何を手伝わされたのかも知りません」

一通り読んで、ふーっと息をついた。信号待ちをする城田《しろた》さんは、少し意外そうに言った。

「あまり驚《おどろ》いてないね」

「……はい」

「どれくらい覚えてた？」

「最近までは、ほとんど忘《わす》れてました。なんとなくどこかの遊園地で遊んだ記憶《きおく》って感じで。でも、思い出したんです。ニュースとか新聞で、幸島《さちのしま》のことやってて……」

手紙が送られてきたことは言わなかった。本当はあれが一番の大きなきっかけだが、事故《じこ》から十年の報道《ほうどう》で観《み》たことだけでも、思い出した理由として成り立つと思った。

「そうか……」

信号が青に変わり、車が走り出した。

「ぼくが思い出したってこと、お母さんには言わないでくださいね」

「もちろん言わないよ。社長には、報告しなきゃならないけど」

そうだと思った。城田《しろた》さんからお父さんに伝わってしまうと思ったから、ぼくは全部言わなかったのだ。

「この記事読むと、恨《うら》まれてますよね。会社も、お父さんも」

「ああ、そうだね。でもそれは彼《かれ》らの一方的な言い分だよ。あの島は、もともとアザクラのおかげで発展《はってん》したんだよ」

城田《しろた》さんは言った。幸島《さちのしま》のある海角市《みづのし》周辺は、全国と比《くら》べてどころか、県内でも際立《きわだ》って貧《まず》しかった。住民の平均収入《へいきんしゅうにゅう》、電気・ガス・上下水道の普及率《ふきゅうりつ》、大学進学率は言うに及《およ》ばず、高校進学率さえ低かった。そしてその中でも幸島《さちのしま》は最低だった。

「そこへ八十年前、アザクラが採掘所《さいくつじょ》を造《つく》ったことで一気に発展したんだ。人口は増《ふ》え、戦後は保育園《ほいくえん》、高校、病院、図書館、その他もろもろの施設《しせつ》ができて、生活水準《せいかつすいじゅん》は上がった」

「……でも、事故が起こった」

「不幸な事故だ。自然災害《しぜんさいがい》だよ」

自然災害？　遊園地を造るための水のくみ上げが、地盤沈下《じばんちんか》と爆発《ばくはつ》の原因《げんいん》だとしたら、地震《じしん》や台風みたいな災害とはちがうんじゃないか？　ぼくがそう言うと、

「う～ん、まあ、そういう意味では人災に近いと言えなくもないけど」

と城田《しろた》さんは言葉を濁《にご》し、「でも、予測《よそく》できなかったという点では、人災じゃなく天災のようなものだよ」と苦笑いした。

近い、言えなくもない、のようなもの……それで被害《ひがい》にあった人は納得《なっとく》できるのだろうか？

「それに、この記事では、『ガスはもともと人体に悪影響《あくえいきょう》があった』って……」

「正確《せいかく》なデータはないよ」

「ないんですか？」

それはデータをとっていなかったのだろうか？　それとも……。

「もともとガスの採掘所で働いていた人々は、貧しくて栄養状態《えいようじょうたい》も悪かったし、年中日の当たら

ない坑内《こうない》にいたから、年をとると体を壊《こわ》すような人が多かったのさ」

「それって、給料とか労働環境《ろうどうかんきょう》が悪かったってことじゃ……」

ははは、と城田《しろた》さんは笑った。

「アザクラは優良企業《ゆうりょうきぎょう》だよ。何度も市や県から表彰《ひょうしょう》されてるんだ。島では戦前から憧《あこが》れの職場《しょくば》で人気企業だったんだよ。漁業や農業従事者《のうぎょうじゅうじしゃ》の平均年収《へいきんねんしゅう》より、ガスの採掘所《さいくつじょ》で働く人の平均年収のほうが高かったからね」

城田《しろた》さんはよどみなく話した。この人は秘書《ひしょ》だけじゃなく、営業《えいぎょう》でも優秀《ゆうしゅう》なセールスマンになれそうだ。

「じゃあ、どうして、こんな記事が？」

「肉体労働だからね。どうしたって年をとって体調が悪くなる人はいるだろう？ それに、充分《じゅうぶん》な給料だってパチンコやギャンブルにつぎ込《こ》めばなくなるし、暴飲暴食《ぼういんぼうしょく》で体を壊《こわ》す人もいる。そして、そういう人はなかなか医者に行かない。そのお金でもっと飲んだり遊んだりしたいからさ。そして取り返しのつかないときになって、『ガスのせいだ』って言い出すんだよ」

「………」

「君のお母さんのように、体調が悪くても無理して働こうっていう真面目な人もいれば、自堕落《じだらく》な生活のせいで貯金《ちょきん》もなく病気になっておきながら要求する狡《ずる》い人もいる。まあ、生活保護《せいかつほご》だって不正受給する人もいるだろう？」

そうかもしれない、とぼくは思ってしまった。

ぼくは他にもいくつか記事について質問《しつもん》したが、城田《しろた》さんは「憶測《おくそく》だよ」「島民の中には逆恨《さかうら》みしている人もいるからね」「公害というレベルじゃない」と言った。

「透馬《とうま》君、これからしばらくは、ネットにいろいろと憶測記事が書かれるよ。でも、そんなの気にしちゃ駄目《だめ》だ。みんな匿名《とくめい》で好き放題書くだけだからね」

ぼくは城田《しろた》さんの説明すべてに納得《なっとく》したわけではなかったけれど、黙《だま》ってうなずいた。そのとき、まだ城田《しろた》さんを信用していたのは、「ネットを見るな」と言わなかったからだ。よく学校の先生は、SNSで中傷《ちゅうしょう》された人のことを「SNSなんかやめればいい」「気になるなら見るな」と言うが、そんなの今どき無理な話だ。

そう言わない城田《しろた》さんは、中学生だってネットが必要だとわかっている、ぼくには判断能力《はんだんのうりょく》があると認《みと》めてくれている大人のような気がした――。

「気にするなって言われたって、お祖母《ばあ》ちゃんの家にネット環境《かんきょう》ないですよ。スマホも持ってないし」

ぼくはいつも持ち歩いているキッズケータイを見せた。小学生のときお母さんが持たせてくれたもので、緊急《きんきゅう》の連絡用《れんらくよう》にといまだに解約《かいやく》していなかったのだ。

「こりゃまた、年季入ってるね」

「持ちたくて持ってるわけじゃないですけど、仕方ないんで……」

とボヤくぼくに、城田《しろた》さんは白い箱を渡《わた》した。

「君のだ。開けてごらん」

「えっ？」

城田《しろた》さんにうながされ、箱を開けたぼくはびっくりした。テレビでＣＭしている、最新型《さいしんがた》で最高級のスマートフォンだったのだ。こんなのクラスのだれも持ってない。

「いいんですか？」

「僕《ぼく》との連絡用《れんらくよう》だよ。つまりは社長との、ということになるが、それ以外は自由に使っていい。ちなみに月５ギガだ」

「充分《じゅうぶん》です」

やった。お父さんとつながっているということを除《のぞ》けば、最高に嬉《うれ》しかった。

さっそく電源《でんげん》を入れ、暗証番号《あんしょうばんごう》を設定《せってい》した。単純《たんじゅん》なもので、ぼくの気分は一気に上がった。これでお祖母《ばあ》ちゃんの家に行っても、世間と隔絶《かくぜつ》せずに済《す》む。そうだ。アザクラのことも、幸島《さちのしま》の事故《じこ》のことも、もっともっと調べられる。

家がまばらになり、車はうねる坂道を登ってゆく。お祖母ちゃんの村が近くなった。

「中学生の君に、こんな山奥《やまおく》に籠《こ》もれっていうのは酷《こく》だけど」

「あ、いえ」

「今、会社は大事なときなんだ。〈フラワーフェスティバル〉って知ってるかい?」

「ああ、あの……」

海角駅《みづの》に看板《かんばん》やポスターがあった、と言いかけてやめた。

「なんか、聞いたことはあります」

「そうか。まだ、そんなに宣伝《せんでん》していないけど、来年から一気にキャンペーンが始まるよ。あの地方でかなり力を入れてるイベントなんだ」

「へえ、お父さんの会社もですか?」

「ああ。幸島《さちのしま》の復興《ふっこう》は、このイベントにかかっているといってもいい。十年たって、事故の処理《しょり》も終わってアンダーコントロールできてる。人が安心して住める、安全な島になったっていうアピールを全国にするためにね」

「アンダーコントロール……」

どこかで聞いた言葉だ、と思って、ぼくはさっそくスマホで検索《けんさく》した。コントロール=調整、統制《とうせい》、管理、思いどおりに動かすことができるという意味だった。

でも本当に、そうなんだろうか？　被害《ひがい》も、傷《きず》も、記憶《きおく》も、何もかも、人がコントロールできるものなんだろうか？

車で走ること一時間弱で、なだらかな階段《かいだん》のように連なる畑の上に建つ、お祖母《ばあ》ちゃんの家が見えてきた。築《ちく》五十年の農家に、継《つ》ぎ足《た》し改築《かいちく》してある一軒家《いっけんや》だ。

ほっかむりをし日に焼けたお祖母ちゃんは、あらかじめ連絡《れんらく》をうけていたのだろう。ぼくらを見て驚《おどろ》くこともなく、「よう来たね。急で大変だったろ」と、迎《むか》えてくれた。

お祖母ちゃんはお母さんに顔や背格好《せかっこう》は似《に》ているけれど、もっとどっしりとして落ち着いた人だ。若《わか》いころは看護師《かんごし》をして一人娘《ひとりむすめ》を大学まで行かせ、その後は自分で食べられるだけの野菜を育てて暮《く》らしている。

車から降《お》りた城田《しろた》さんは、「急にお願いして申《もう》し訳《わけ》ありません」と頭を下げ、

「これは社長から――」

と白い封筒《ふうとう》を渡《わた》そうとしたが、

「孫の面倒《めんどう》みるのに、よその人からもらえんよ」

と、お祖母ちゃんは断《ことわ》った。お祖母ちゃんらしい。

ぼくは縁側《えんがわ》に座《すわ》り、寄《よ》ってきた二匹《ひき》の猫《ねこ》たちの頭をなでた。お祖母ちゃんと猫は落ち着く。昔

は雑種《ざっしゅ》の犬もいたけど、今その犬は仏壇《ぶつだん》にお祖父《じい》ちゃんの写真といっしょに並《なら》んでいる。

「じゃあ、そのスマホに連絡《れんらく》するよ。君も何か困《こま》ったことがあったら、すぐ連絡してくれ」

と言って城田《しろた》さんは帰り、お祖母ちゃんはやれやれという顔で腰《こし》を叩《たた》きながら言った。

「少し早いけど、お昼ご飯にしようか？」

「うん」

「昼作ってあっけど、このパン食べたいかい？」

「いや、そっちがいい」

ぼくは丸いちゃぶ台の上に用意されたお皿を指さした。久《ひさ》しぶりに他人の作った料理が食べたかったので、コンビニの袋《ふくろ》はそのまま冷蔵庫《れいぞうこ》に入れてもらった。

お祖母ちゃんのお昼ご飯は、畑で採《と》れたきゅうりとナスの漬物《つけもの》とそうめんだった。冷蔵庫で冷やしてあった汁《しる》には、干《ほ》しシイタケと細切りの豚肉《ぶたにく》と玉葱《たまねぎ》が入っていた。薬味は葱と茗荷《みょうが》と大葉とゴマ。充分《じゅうぶん》だった。

「おいしい」

「よかった」

朝ドラの再放送《さいほうそう》を観《み》て、デザートに甘《あま》い朝採りトウモロコシをかじりながら、お祖母ちゃんが言った。

「今朝いきなり、ウチに『一週間くらい預《あず》かってくれ』って。そんなに長く泊《と》まるのは十年ぶりだね」

「十年……」

「ああ、覚えてないよね。なんか、あのとき大きな事故《じこ》があっただろ。ナントカ島で」

「幸島《さちのしま》？」

「そうそう。テレビをつけるとそのニュースが多くて、『透馬《とうま》が怖《こわ》がるから』って頼《たの》まれたんだよ」

そうだったのか。でも、ぼくはニュースを怖がった記憶《きおく》はない。

「そのときも急にぼくが来て、お祖母《ばあ》ちゃん大変だったね」

「なんも。あんたは大人しくていい子だったし。でも、何となくわかってたよ」

「なにが？」

「あんたが事故のニュースを『怖がる』なんてのは嘘《うそ》だってね」

「どうして？」

ぼくは驚《おどろ》いて聞いた。

「だって、ナントカライダーとかの爆発《ばくはつ》の場面見ても、なんも怖がらないんだもの。単に、見せたくないんだろうなって思った」

「ニュースを?」

「うん。達彦《みちひこ》さんの会社の名前が出てくるからね」

「………」

お祖母ちゃんの読みは正しい、とぼくは思った。あのころ、事故からは数か月が過《す》ぎ、もう事故そのもののニュースはそれほどやっていなかっただろう。むしろ、避難所《ひなんじょ》の様子や避難者の声——それはつまり会社の責任《せきにん》を問うもののほうが多かったはずだ。

そしてもう一つ、お母さんの精神状態《せいしんじょうたい》の問題だったのかもしれない。

「あの子も、がんばって、ここ出ていったのにねえ」

お祖母ちゃんが、ぼそっと言った。


それから三日間、ぼくはほとんどテレビを観《み》なかった。

もちろん田舎《いなか》といったって、テレビは映《うつ》るけれど、もしワイドショーで余計《よけい》なニュースが流れたら、お祖母ちゃんが気をつかうと思ったのだ。

お祖母ちゃんが観るのは朝の連続ドラマと夜のニュースと、ときどき生活番組や韓流時代劇《はんりゅうじだいげき》だった。世間の情報《じょうほう》が得《え》られる番組は夜のNHK《エヌエイチケイ》くらいなので、ゴシップのようなニュースはやらなかった。ぼくはテレビは観なかったが、スマホでネットはこっそりチェックした。まったくスマホは便利だ。

ネットのニュースによると、魔法使《まほうつか》いこと松本幸生《まつもとゆきお》の記事は一部ではけっこう話題になり、ニュースのコメント欄《らん》には、こんなことが書《か》き込《こ》まれていた。

「島の人たちもガスのおかげで暮《く》らしてたんだから自業自得《じごうじとく》」

「それで子ども誘拐《ゆうかい》ってありえない」

「言語道断《ごんごどうだん》」

「卑劣《ひれつ》」

ほとんどが「児童誘拐」という、文字にすると禍々《まがまが》しい犯罪《はんざい》に対しての非難《ひなん》の声だったが、一方で彼《かれ》のことを支持《しじ》する人たちもいた。「大企業《だいきぎょう》に反抗《はんこう》するなんてカッコイイ」という人たちだ。ぼくはそれらを不思議な気持ちで観ていた。

幸島《さちのしま》の事故《じこ》と事件《じけん》のことを語る人々の多くは、ふだんはあの小さな島のことなんて考えもしない。それがまるで島の代弁者《だいべんしゃ》のように、「こんな企業は許《ゆる》せない」と憤《いきどお》ったり、「こんな犯人は許せない」と断罪《だんざい》している。

「この誘拐された子は、どれだけ深い傷《きず》を負っただろう」

と嘆《なげ》く人もいれば、

「島の子どもたちの中には住《す》み慣《な》れた故郷《こきょう》を離《はな》れ、避難先《ひなんさき》で酷《ひど》くいじめられた子もいる。そんな子に比《くら》べれば、大した傷じゃない」

と言う人もいた。

ぼくは傷ついたんだろうか、傷ついてないんだろうか？

十年前、ぼくは誘拐された。しかし、身代金《みのしろきん》の要求もなく、ただ帰された。

あの日に何一つ嫌《いや》な思い出はなかった。楽しい遠足のようなドライブのような遠出、美しい風景、遊園地を独《ひと》り占《じ》めという夢《ゆめ》のような時間……でも自分たちの生活を壊《こわ》した人間の息子《むすこ》に対する仕打ちにしては、おかしくないか？ 島をめちゃくちゃにした復讐《ふくしゅう》なら、もっと酷い目にあってもいいはずだ。なんなら殺《ころ》したいほど憎《にく》まれたっておかしくない。

考えても考えても、ぼくはわからなかった。

考えすぎて、変な想像《そうぞう》もした。ぼくの体には何か小さな爆弾《ばくだん》のようなものが埋《う》め込《こ》まれていて、ある日突然《とつぜん》爆発するんじゃないか……でも風呂場《ふろば》の鏡で見ても、体にはそんな跡《あと》一つなかった。それとも何か、自分では覚えていないような嫌なことでもあったのだろうか？

「あっ！」

ぼくは思い出した。村野《むらの》先生の病院の予約が明日《あした》だった。

次の日、ぼくはお祖母《ばあ》ちゃんに、午後は裏山《うらやま》に植物観察に行きたいと言った。夏休みの自由研究のために、と。

「じゃあ、玄関《げんかん》にある虫よけスプレーしてきな。マムシにも気をつけて」

「う、うん」

お祖母《ばあ》ちゃんを騙《だま》すのは心苦しかったが、ぼくはバスを乗《の》り継《つ》ぎ、初めて一人で病院を訪《おとず》れた。


ぼくが診察室《しんさつしつ》に入るなり、村野《むらの》先生は立ち上がった。

「透馬《とうま》くん、大変だったね」

「はい。あの……先生も、これ見ましたか？」

ぼくはリュックから週刊《しゅうかん》フライヤーを取り出した。

「ああ。でも、予約したのは先週だったね。その週刊誌《しゅうかんし》の発売前だ。ひょっとして、こういう記事が載《の》ると、出版社《しゅっぱんしゃ》から連絡《れんらく》があったのかい？」

「いいえ。そのころは、こんなことになるなんて思いませんでした」

村野《むらの》先生は、とりあえずと言ってぼくを座《すわ》らせ、自分も座った。

「週刊誌の発売前ってことは、どこか体に不調が？」

「ちがいます」

ぼくが首をふると、村野《むらの》先生は心底ほっとしたように目を細めた。

「そうか。それならよかった。実は君の名前が予約にあるのを見たとき、お母さんに連絡しようと思ったんだよ」

しなくてよかった。

「でも、ひょっとして……なにか体以外のことじゃないかと思ってね。それならお母さんに言う必要はない。むしろ、言わないほうがいい。まずは君の話を聞いてからでも遅《おそ》くないと思った」

さすが先生だ。勘《かん》がいい。よすぎて嬉《うれ》しいような、怖《こわ》いような気がした。

「だが、君の悩《なや》みが精神的《せいしんてき》なことであっても、治療《ちりょう》が必要なら、保護者《ほごしゃ》の同意が必要だよ。医師《いし》として連絡しないわけにはいかない」

「それはどういうことですか？」

「例えば不眠《ふみん》に悩んでいるから睡眠薬《すいみんやく》を処方《しょほう》してほしいと言われても、勝手にあげることはできないんだよ。未成年だからね」

「わかりました。でも、そういう問題じゃないです。先生、ぼくは本当に体が弱いんでしょうか？　毎年やってた検査《けんさ》は、なんのためのものなんでしょうか？　そして、『ほかのお子さんたち』ってだれですか？」

一気に聞くと、村野《むらの》先生は沈黙《ちんもく》した。

「この週刊誌のことがなくても、いつか、君は聞くだろうと思ったよ」

村野《むらの》先生は立ち上がって歩きながら言った。

「おかしいと思わないわけがない。君のお母さんとお父さんは、君が疑問《ぎもん》を持つことも、自分で調べようとすることもないと決めつけていたけど、そんなはずはない。いつまでも、君は五歳《さい》の子どもじゃない。だが君は、実際《じっさい》どれくらい覚えている？」

「はっきりとは。でも、ときどき……特に最近はよく思い出してたんです。海のそばの遊園地で、知らない人たちと遊んだことを。お母さんは、そんなことなかった、絵本とごっちゃにしてるって言ってたけど。そして最近、手紙がきました」

「手紙？」

ぼくはリュックから手紙を取り出した。村野《むらの》先生は「いいかい？」と言って、それを蝶《ちょう》の羽のような、壊《こわ》れ物《もの》を扱《あつか》うように手にとった。

便箋《びんせん》を取り出し、その後からビニール袋《ぶくろ》が出てきたとき、村野《むらの》先生は眉《まゆ》をひそめた。

「これもいっしょに？」

「はい。なんだかわかりますか？　お母さんがこれを見てから、ちょっとおかしくなって……」

先生はうなずいた。

「これはたぶん、〈幸島《さちのしま》〉の浜辺《はまべ》の砂《すな》だ」

「〈幸島《さちのしま》〉の？」

「ああ。砂鉄《さてつ》成分が多くて、〈黒浜《くろはま》〉とも呼《よ》ばれる特徴的《とくちょうてき》なところなんだよ」

そうか。それを覚えていれば、あるいは知っていれば、この手紙は〈幸島《さちのしま》〉から送られてきたものだと、すぐ気づけたんだ。暗号のような、ヒントのようなものだったのか——ぼくがそんなことを考えている間に、先生は便箋を開いて読んでいた。

「『あれから十年たったね』『おめでとう』か……」

村野《むらの》先生は呟《つぶや》くように読み上げ、何かをこらえるように、指で眉間《みけん》をぐっと押《お》さえた。

「どういうことでしょうか？」

「文字どおりだ。これが、あの犯人《はんにん》・松本幸生《まつもとゆきお》からのものだとすれば、健康でいることを祝福してるんだよ。君も、ほかの子たちと同じように病気になってないと」

「病気？　どうしてですか？」

意外そうに村野《むらの》先生は聞いた。

「君は、〈幸島《さちのしま》〉の事故《じこ》が、どんなものだったか知ってるかい？」

「この週刊誌《しゅうかんし》に書いてあったことと、ネットで調べたことぐらいしか……。ぼくのお父さん、というか元お父さんの会社が起こした大きな事故《じこ》で、人が住めなくなったんですよね？」

「住めないわけじゃない。有害物質《ゆうがいぶっしつ》の処理《しょり》作業《さぎょう》が終わり、健康に害がないとわかった島の七割《わり》の地域《ちいき》には、来月から居住許可《きょじゅうきょか》が下りる。二割の場所はもともと風や海に流されて、有害物質がとどまっていなかったので除染《じょせん》の必要もなかった。完全に立《た》ち入《い》り禁止《きんし》なのは島の一割だけだ。事故の中心になった建物がある場所、ガスの採掘所《さいくつじょ》などだね」

村野《むらの》先生は詳《くわ》しい。思ったとおり、思った以上だ。ぼくは思い切って聞いた。

「その島の子どもたちとぼくは、何か関係があるんですか？」

「…………」

「わかりました。じゃあ、お母さんに聞きます」

「やめなさい！」

村野《むらの》先生は大きな声で言った。今までそんな声を聞いたことはなかった。

「お母さんはもう十年苦しんだ。これ以上、責《せ》めたりしちゃいけない」

「責める？　どういうことですか？」

「……母親は、子どものケガも病気も全部、自分の責任《せきにん》だと思うものだ」

たぶんそういう意味じゃない。そんな気がした。

「先生が教えてくれないなら、お母さんに聞くしかありません」

「駄目《だめ》だ！」

村野《むらの》先生は前よりもっと強い調子で言った。いつも優《やさ》しい穏《おだ》やかな先生とは別人のようだった。ぼくは村野《むらの》先生の体が緑色になって、風船みたいにふくらんで、服がびりびりと破《やぶ》けるんじゃないかと思った。

だが村野《むらの》先生は、ふーっとため息をついただけだった。それは風船の空気を抜《ぬ》くように、長いため息だった。

「ガスと化学物質《かがくぶっしつ》の複合汚染《ふくごうおせん》……その影響《えいきょう》は未知数で、人体への影響はだれにもわからなかった。医師《いし》たちは『十年たって何も起こらなければ安全だ』と見解《けんかい》を出した。逆《ぎゃく》に言えば『十年は追跡調査《ついせきちょうさ》が必要だ』と」

十年……あれから十年たったね……ぼくは手紙を思い出した。ああ、こういうことだったのか。

「子どもたちの親はみんな、この十年生きた心地《ここち》がしなかった。いつ倒《たお》れるか発病するか、心配で心配で、自分を責めすぎて親のほうが病《や》んだ家もあった。それが原因《げんいん》で壊《こわ》れた家も……」

「ぼくの家も、離婚《りこん》してます。お母さんだって……」

「………」

先生はやっと、「話すよ」と言ってくれた。

「これ以上隠《かく》すと、君はかえって事を大きくする」

「ありがとうございます。ここで聞いたことは、決して母には言いません」

6 事《じ》故《こ》と事《じ》件《けん》

君が調べたように、十年前、あの島では事故と事件が起こった。

まず、事故についての話をしよう。

それは春だった。島の春は美しい。椿《つばき》の季節が終わり、梅と桃《もも》と桜《さくら》が、立て続けに咲《さ》き、花びらが海に散る。

さらにその年は、大型《おおがた》遊園地のオープンが準備《じゅんび》されていた。海《うみ》の幸《さち》と釣《つ》り場《ば》と、広い海水浴場だけでなく、一年を通して島に人を呼《よ》べるようにと。遊園地は、島の天然ガスを採掘《さいくつ》するアザクラ燃料《ねんりょう》、つまり君のお父さんの会社が造《つく》った。「ハッピーアイランド」という名前だった。

天然ガスは安全で無害だと言われていたが、採掘所で働く人の間では、手足がしびれる、目がかすむ、味覚がなくなるといった症状《しょうじょう》が出ていた。だが、それは何十年も働いた人――つまりかなり高齢《こうれい》な人に限《かぎ》られていたので、たんなる老化現象《ろうかげんしょう》だとされてきた。中には若《わか》くしてそういった不調を訴《うった》える人もいたが、そういう社員を会社はクビにした。

そして会社は、できる限り採掘所では契約社員《けいやくしゃいん》だけ雇《やと》い、何年か働いたら再契約《さいけいやく》をしないようにした。これで何十年も勤《つと》める社員はいなくなる。

こんな対策《たいさく》をしていたこと自体、会社もガスは健康に有害だと知っていたという証拠《しょうこ》だが、その事実を巧《たく》みに隠《かく》した。

島はアザクラのおかげで潤《うるお》っていた。人口約九千の島には法人住民税《ほうじんじゅうみんぜい》という形でたくさんの税金が入り、さらに毎年多額《たがく》の寄付金《きふきん》も入った。

海角市《みづの》のほかの学校が木造《もくぞう》だった時代に、鉄筋《てっきん》コンクリートでエレベーター付きの小学校と中学校が造られ、総合病院《そうごうびょういん》も建てられた。いい環境《かんきょう》で子育てするために、他県からわざわざ移住《いじゅう》してくる人々もいた。

島の住民のほとんどは、アザクラに感謝《かんしゃ》していた。

唯一《ゆいいつ》の不満は、採掘が機械化されるにつれ、住民の働き口が減《へ》ってきたことだった。そこでアザクラは遊園地の経営《けいえい》を思いついた。遊園地には、社員とアルバイトを合わせて二百三十人の従業員《じゅうぎょういん》が雇《やと》われるはずだった。島の約四十人に一人、成人人口から見るともっと高い割合《わりあい》だ。

島の人々は歓迎《かんげい》した。

だが、オープンの一週間前に、事故が起こった。

突然《とつぜん》、採掘所の敷地《しきち》の一部が陥没《かんぼつ》したのだ。それは遊園地のために地下水をくみ上げすぎたことと、工場の老朽化《ろうきゅうか》が原因《げんいん》だった。土台が壊《こわ》れ、採掘したガスを貯蔵《ちょぞう》していたタンクが爆発《ばくはつ》した。

対岸からは、島が噴火《ふんか》したように見えたほど大きな爆発《ばくはつ》だった。大量の火と煙《けむり》と、そしてガスが噴《ふ》き出《だ》し、島の人々は一時、全島避難《ひなん》を余儀《よぎ》なくされた——。

あれがもっと東京に近い事件《じけん》だったら、あるいは多くの死者が出ていたら、その後の報道《ほうどう》と人々の記憶《きおく》もまったく違《ちが》っていただろう。

だが地方の事件で、幸い直接《ちょくせつ》の死者は一人も出なかった。採掘所《さいくつじょ》で重傷者《じゅうしょうしゃ》が二人出たし、消火にあたった人々にもケガ人は出たが、死亡者《しぼうしゃ》が出なかったことで、一般《いっぱん》の人々がイメージする「大事故《だいじこ》」にはならなかった。そして火災《かさい》も、島ゆえに他の区域《くいき》に広がらなかった。

大変だったのは、むしろ事故の後だった。ガスと精製工場《せいせいこうじょう》の化学物質《かがくぶっしつ》が、建物の内部や田畑や、浜辺《はまべ》や遠浅の湾《わん》に残ったのだ。島の農作物や魚介類《ぎょかいるい》は出荷《しゅっか》できなくなり、家に住むことはできなくなった。九千の人々が、一晩《ひとばん》で住みかと生業《なりわい》を失った。

島民の避難生活は長引いた。一年目はひんぱんに新聞やニュースに取り上げられ、事故現場《じこげんば》には政治家《せいじか》が、避難所には芸能人《げいのうじん》やスポーツ選手がボランティアや慰問《いもん》にやって来た。だが二年目になると、他の地方でもっと多くの死者・行方不明者《ゆくえふめいしゃ》が出る災害が起こった。世間の目は、その地方に向いた。

三年目以降《いこう》になると、島に帰りたい高齢者《こうれいしゃ》と避難先に残りたい世代、島での仕事を取《と》り戻《もど》したい夫と、安全な場所で子育てをしたい妻《つま》の間で、あつれきが起こるようになった。生活苦、家庭《かてい》内暴力《ないぼうりょく》、精神疾患《せいしんしっかん》、離婚《りこん》、自殺《じさつ》が相次いだ。

四年、五年……そして十年。あの島のことは、ほとんど語られることはなくなった。

ああ、話を戻《もど》そう。十年前の夏、四月の事故から四か月後の八月に、一人の子どもが行方不明《ゆくえふめい》になった。

それが君だ。

その日、君は長野県の諏訪湖畔《すわこはん》のサマーキャンプに参加する予定だった。東京駅で、お母さんは係の人間に引《ひ》き渡《わた》したと思った。

だが、サマーキャンプ側には、君は急な発熱で参加できなくなったと電話がきていた。

犯人《はんにん》の手口は巧妙《こうみょう》だった。その日はお盆前《ぼんまえ》で、東京駅にはたくさんの子ども関係の団体《だんたい》がいた。東京駅から新幹線《しんかんせん》や在来線《ざいらいせん》で、海や山のリゾートに向かう団体、バスでゆく団体。さらにそういったイベントを終えて、戻ってきた団体もあった。

彼《かれ》らの大半は、他の団体とすぐ見分けがつくよう、そして子どもや保護者《ほごしゃ》が見つけやすいよう、のぼりやプラカードを持っていた。逆《ぎゃく》に言えば、のぼりやプラカードを持っているのは子どもを集めている団体《だんたい》だとだれもが思った。駅を利用する人々も、駅員もだ。

東京駅は、一日に平均《へいきん》三十万人以上の人々が利用するが、あの日は夏休み中でさらに多かった。駅員同士《どうし》以外はほとんどの人が初対面だ。よほど不審《ふしん》な格好《かっこう》をして、駅員から逃《に》げるような動きでもしない限《かぎ》り、怪《あや》しまれることはない。

ただでさえ駅員は、ふだんより多い地方客や外国人観光客に、広大な駅のことをひっきりなしに聞かれている。出口は？　乗《の》り換《か》えは？　店は？　とても小さな違和感《いわかん》に気づく余裕《よゆう》などない。

もし、泣いている子どもを抱《だ》いた大人がいても、アウトドアスタイルにリュックを背負《せお》い、のぼりやプラカードを持っていたりしたら、そういった子ども相手の団体の職員《しょくいん》だと信じて疑《うたが》わないだろう。子どもが泣いているのも、見送りの親と離《はな》れるのがさびしくなっているのだろうと。

そんな中、母親自らが犯人《はんにん》に手渡《てわた》したという君が、誘拐《ゆうかい》された子どもだなどと、だれも思わなかっただろう。

夜になって、君は突然《とつぜん》帰された。家のインターフォンが鳴り、母親が外に出ると、君が一枚《まい》のポラロイド写真を持って立っていた。それは海辺の遊園地で遊ぶ写真だった。

！

ぼくは突然思い出した。

そうだ。ずっと眠《ねむ》っていた車の中。急に起こされて、おうちに着いたよと言われた。

「お泊《と》まりじゃないの？」

ぼくは聞いた。お母さんからそう聞いていたからだ。魔法使《まほうつか》いは答えずに笑って、「記念だよ」と写真と小さなビニール袋《ぶくろ》をくれた。

「ありがと！」

そう言って車を降《お》りると、家から出てきたお母さんが、ぼくを見てびっくりしていた。

「どうしたの？　お泊まりしてるはずなのに」

と言うお母さんに、ぼくは無邪気《むじゃき》に写真を見せた。それを見るなり、お母さんが悲鳴を上げた。それを聞いて、家の中からお父さんが走ってくる。お父さんが、ぼくが持った袋を見て、払《はら》い落《お》とす。黒い砂《すな》が飛び散る……。


「写真の遊園地は、ハッピーアイランド。当時は海に半分沈《しず》んだ観覧車《かんらんしゃ》が何度もテレビで遠くから中継《ちゅうけい》された、あの事故《じこ》の象徴的《しょうちょうてき》な場所だったので、お母さんも見覚えがあったんだろう」

テレビで遠くから中継されたのは、近くには行けないからだった。採掘所《さいくつじょ》の近くでガスと化学《かがく》物質《ぶっしつ》の濃度《のうど》が濃《こ》く、人体に有害だと言われていたからだ。

ぼくはそこに何時間もいたのか……。

「君は無傷《むきず》だった。どこでだれといたのかと聞かれると、『遊園地に魔法使《まほうつか》いといた』と答えた。『花火がきれいだった』とも。その日、無人だった幸島《さちのしま》でも、花火が上がるのが見えたという証言《しょうげん》がある。君は、あの島でおそらく四、五時間ほど過《す》ごしてしまった。それが、この十年の検査《けんさ》の理由だよ」

幸島《さちのしま》の子どもたちも、事故《じこ》から避難《ひなん》までの半日から一日、ガスと化学物質《かがくぶっしつ》のある島で過ごした。だからみな、一年ごとに検査を受けていたのだ。

「この十年の観察結果から見て、身体に影響《えいきょう》のあった子どもはいない。そしてこれからもないだろうというのが、ぼくを含《ふく》む医師《いし》たちの見解《けんかい》だ」

子どもたちは何百人といて、避難先から引《ひ》っ越《こ》し、いろいろな場所に散らばっている。だから、各地の専門家《せんもんか》が診《み》ている、と村野《むらの》先生は言った。

「子どもも大人も身体への被害《ひがい》はないとわかったが、避難による環境《かんきょう》の変化、経済状態《けいざいじょうたい》の悪化、家族の不和、学校でのいじめなどから、精神面《せいしんめん》での被害のほうが実質《じっしつ》大きかったよ。アンケートによると、元島民のおよそ十五パーセントがPTSDを負っている」

「精神面での被害」という言葉に、ぼくはお母さんのことを思い出さずにはいられなかった。そうか、自分がサマーキャンプに申《もう》し込《こ》みさえしなければ……そうずっと後悔《こうかい》して、自分を責《せ》めていたんだ。ぼくはひざの上に置いた手を、ぐっと握《にぎ》りしめた。お母さんの神経質《しんけいしつ》なくらいのぼくの健康へのこだわりの理由が、やっとわかった。

「幸島《さちのしま》は、事故の翌年《よくねん》から徐々《じょじょ》に、時間限定《じかんげんてい》で上陸許可《じょうりくきょか》がおり、宿泊許可《しゅくはくきょか》や居住許可《きょじゅうきょか》が出た。そして、今年やっと採掘所《さいくつじょ》周辺をのぞく大部分に居住許可が出て、この〈復幸祭《ふっこうさい》〉には元の住民の人々が集まることになっている」

村野《むらの》先生は、ふーっとため息をついた。

「だが、復興《ふっこう》は簡単《かんたん》ではないだろう。十年の間に街も田畑も荒《あ》れた。戻《もど》らない人も多い。ガスの影響はないと言われても、観光客を呼《よ》ぶことも、島で採《と》れた貝や魚を売ることも、農作物を売ることも難《むずか》しい」

島の一部では避難指定が解除《かいじょ》されたが、予想より戻らない人が多かった。いくらその場所だけガスや化学物質《かがくぶっしつ》がなくなったと言われても、土地は地続きで、常《つね》に強い海風が吹《ふ》いている。危険《きけん》物質《ぶっしつ》が残っているおそれのある地域《ちいき》のとなりに、子どもを連れて戻ってくる人はいなかった。

数人が戻っても、店を開くことはできない。食料品店一つない状態《じょうたい》で、暮《く》らしていくことはできない。農業も、漁業も、観光も駄目《だめ》になった。生きていけるはずがない。

村野《むらの》先生の話を聞いて、ぼくはわかりかけていた自分の記憶《きおく》が、さらに鮮明《せんめい》になった。だが、まだわからないことがあった。

「先生は、どうして犯人《はんにん》が身代金《みのしろきん》を要求しなかったんだと思いますか？」

「それは、週刊誌《しゅうかんし》の犯人の告白《こくはく》どおりじゃないのか？　目的が、君のお父さんに『島の子たちのことを、自分の子どものように考えてほしかったから』だ」

「ほんとに、そうなのかな……。それに、なんなら身代金をとった上で考えさせる……そんな二重の復讐《ふくしゅう》だってできたはずですよね？」

「それを言ったら、もっと酷《ひど》い復讐だってできるよ？　身代金をとった上で、君を殺《ころ》すんだ。実際《じっさい》、そういう誘拐事件《ゆうかいじけん》だってたくさんあったからね」

ぼくは、ぞくっとした。

そうだ。現実《げんじつ》の誘拐事件では、人質《ひとじち》が邪魔《じゃま》になって殺されるケースなんて、たくさんある。子どもだろうと、人一人監禁《かんきん》したり移動《いどう》させたりするのは大変なのだ。

ぼくは去年、職場体験《しょくばたいけん》という授業《じゅぎょう》で、悠太《ゆうた》に誘《さそ》われてうっかり保育園《ほいくえん》に行って後悔《こうかい》した。たった数時間でもあの小さな生き物の相手は大変だった。食事やトイレの世話をし、騒《さわ》がないようなだめ、あるいは脅《おど》し……そして生きて帰せば必ず、犯人の顔や声や特徴《とくちょう》を聞かれる。殺してしまうのが一番安全だ。だからよくドラマでは、「本当に生きてるんですか？　声を聞かせてください！」と親が懇願《こんがん》し、犯人は信用させるために声を聞かせるのだ。

「そうですよね。もしかしたら……ぼくは、殺される可能性《かのうせい》だってあったんですよね」

「ないとは言えない。ただ、その場合、捕《つか》まった場合の罪《つみ》の重さが格段《かくだん》に違《ちが》う。だから、逃《に》げ切《き》るなら綿密《めんみつ》な計画が、捕まってもいいと思うなら相当の覚悟《かくご》が必要だろう。彼《かれ》らに、そこまでの覚悟があったかどうか……」

そんな覚悟が、なくてよかったと思った。

「ありがとう……ございました」

7 子どもたち

ぼくは病院の外に出た。

見上げると、抜《ぬ》けるような空の色に、またさらに記憶《きおく》が鮮明《せんめい》になった。

「ここはきみだけの遊園地だよ。好きなだけ遊ぶといい」

あの日、ぼくは好きなだけ遊んだ。ジュースもかき氷もポップコーンも食べ放題だった。楽しかった。

今思うと、五歳《さい》の子が知らない人ばかりの中で、よく恐《こわ》がらずにいたと思う。それだけあの大人たちが優《やさ》しかった。そして女の子と男の子の双子《ふたご》。あれは島の子なのだろうか、それともぼくと同じように、どこからか連れてこられた子なのだろうか？

「そろそろ帰らなくちゃね」

夕暮《ゆうぐ》れの花火を見ながら、魔法使《まほうつか》いが言う。

「まだ帰りたくないよ」

ぼくが言うと、魔法使いは首をふる。

「お母さんが心配するよ。お母さんを心配させちゃいけないよ」

ぼくは双子《ふたご》の顔を見る。「もっと遊びたいよ」

「うん、あたしも。もっとここにいたい」と、女の子はうなずくけれど、

「でも、帰らなきゃな」と、男の子は言う。

「おうち、どこ？」とぼくは聞く。

「ここ」女の子は答える。

「ここ？」ぼくは笑う。

「ここなら、帰らなくていいじゃないか！」

女の子が、男の子の顔を見る。二人は、黙《だま》って手をつなぐ。

そして、大きなクマが、ぼくをくすぐりながら抱《だ》き上《あ》げて車に乗せる。走り出した車の中で、
遊びつかれたぼくは眠《ねむ》る。

ああ、まだ魚を見る観覧車《かんらんしゃ》に乗ってなかった。また来たときには乗れるのかな……。


お母さんは「夢《ゆめ》よ」と言った。魔法使いのことも遊園地のことも。

「魔法使いは悪い人」

「遊園地はもうない」

嘘《うそ》だと思った。ぼくは信じたくなかった。

でも、お父さんが怒《おこ》ってる。お母さんが泣いてる——だからぼくは、そう思うことにしたのだ。

ぼくは想像《そうぞう》する。

王女の呪《のろ》いの、巻《ま》き添《ぞ》えになった人々のことを。

王と王妃《おうひ》の住む城には、きっとたくさんの働く人々がいただろう。

城に住《す》み込《こ》みの人もいれば、通いの人も。彼《かれ》らは一日の仕事を終えれば、ゆっくりと風にあたり、水にひたり、自分の家で眠《ねむ》った。畑を耕《たがや》し、麦を育て、果物をもぎ、魚をつかまえて、城に届《とど》けていた人々もいた。

彼らは生きていた——。

ある日突然《とつぜん》、城に呪いがかけられ……いや、違《ちが》う。ある日突然じゃない。王女の十五歳《さい》の誕生《たんじょう》日《び》だ。その日はわかっていた。いつかは来ると予言されていた。王女一人をどこかへ閉《と》じ込《こ》めておくなり、方法はあった。ほかの人々を巻き込まない方法が。

だが、王も王妃もそうしなかった。

またただ。十五年前と同じだ。来ないかもしれない。呪いなどないかもしれない。糸車は処分《しょぶん》したのだから、あるはずがない——きっと悪いことは起こらないはずだという甘《あま》い期待。

糸車。国中にあった糸車。つまりは、人々の生活に欠かせないものだったはずだ。羊の毛や、綿《わた》の実や、蚕《かいこ》の繭《まゆ》から糸をつむぎ、布《ぬの》を織《お》り、衣服をつくる。

糸車が全部焼かれたら、衣服はどうしたんだろう？　王さまや裕福《ゆうふく》な人々はほかの国から買えばいい。だけど、そんなお金のない人だっている。

糸車さえあれば、昔のように自分たちでつくれたのに――。

だからきっと、隠《かく》した人々がいた。命令されても出さなかった人がいた。大切な道具なんだ。足腰《あしこし》が不自由になって、畑仕事はできなくなっても、座《すわ》りながらできる老人の手仕事――ぜったい渡《わた》さなかった人がいた。見逃《みのが》した人がいた。

その老女のところには、こっそり羊毛や繭や材料が運び込まれる。

「これで、布をつくっておくれ」

老女はひきうける。わずかな謝礼《しゃれい》。それすら受け取らないかもしれない。つくりたいんだ。ずっと昔からつくってきたものを。

そしてある日突然、何も知らないお姫《ひめ》さまが塔《とう》を登ってくる。

「おばあさん、今日《こんにち》は」と、おひめさまが声をかけました、「おばあさん、なにしてるの？」

「糸をとっております」

おばあさんは、こう言って、うなずきました。

「それ、なあによ？　おもしろそうにぐるぐる跳《は》ねまわってるもの」

お姫《ひめ》さまは、こう言いながら、つむを手にとって、じぶんも糸を紡《つむ》いでみようとしました。

岩波文庫《いわなみぶんこ》・完訳《かんやく》グリム童話集《どうわしゅう》（二）訳・金田鬼一《かねだきいち》「野《の》ばら姫《ひめ》」


老女はどう思っただろう。無邪気《むじゃき》に無遠慮《ぶえんりょ》に他人の道具に触《さわ》ろうとするお姫さまを。

これは、大事な道具だよ。何十年も何百年も、この土地でとれる草や木や、虫の糸をつむいで、体を守る布をつくるため、糸をつむぐ道具だよ。

でも、おまえのせいで、みんな焼かれた——。

見逃《みのが》しておくれ。これは私《わたし》の大事な道具なんだ。これをつむいで布《ぬの》を織《お》り、家族に着せてきた。いくら王さまの命令でも、大事な道具を、捨《す》てることなどできない。見なかったことにして帰っておくれ。

だが、何も考えない無知なお姫さまは糸車に手をのばす。老女は止めようとするが、お姫さまのほうが早い。お姫さまの手がふれる。尖《とが》った糸車の紡錘《つむ》に。そして倒《たお》れる。長い眠《ねむ》りにつく。

王も、王妃《おうひ》も、臣下も、働く人々も、そして老女も。

ああ、時が止まる。呪《のろ》いがかかる。

高い塔《とう》の上に、老女の悲鳴が響《ひび》く。

こんなつもりじゃなかった。こんなつもりじゃなかった。

ただ、昔と同じような暮《く》らしがしたかっただけなのに――。


ひどく疲《つか》れた気がして、ぼくはバス停《てい》のベンチに寝転《ねころ》がりたかった。が、先客がいた。仕方なく少し離《はな》れて立っていると、

「うん、これから帰る。じゃあね」

という聞き覚えのある声がした。スマホを切って髪《かみ》をかき上げた顔を見たとき、ぼくは「あっ！」と小さく声を上げた。あのフェリー乗り場で会った女の子だったのだ。今日は髪型《かみがた》も服も違《ちが》うが、黒いリュックには、あのクマのぬいぐるみがあった。

女の子は来たばかりのバスに乗るために立ち上がった。お祖母《ばあ》ちゃんの家とは反対方向のバスだった。女の子がステップをのぼったとき、座《すわ》っていたベンチに雑誌《ざっし》のような薄《うす》い本が置いてあるのに気づいた。ぼくはそれをつかんで、

「これ……！」

と声をかけたが、女の子は気づかずバスに乗っていってしまった。ぼくは本を手にとって見た。

『幸島《さちのしま》あれから五年《ごねん》』というタイトルの下に、海と浜辺《はまべ》に立つ子どもたちの写真があった。

ぼくはそれを、とりあえずリュックの中に入れた。今度会ったら返そう——今度なんて、いつ会えるかも、本当に会えるかもわからないのに、そう思った。

バスを降《お》りると、山は夕暮《ゆうぐ》れとセミの声に包まれていた。ぼくは急いでお祖母《ばあ》ちゃんの家に帰った。

「今日は一日中外にいて疲《つか》れたろ」

「うん……」

「いっぱい知りたいことわかった？」

ぼくはどきっとした。それが山で調べたことになっている植物のことだと気づいて、ぼくは慌《あわ》てて「う、うん」と話を合わせた。

炎天下《えんてんか》の中病院に行って帰ってくるより、お祖母ちゃんに嘘《うそ》をつくほうが大変だった。犯罪《はんざい》者《しゃ》って、ずっとこんなふうに周りを騙《だま》して、嘘をついて逃《に》げているんだと思った。

お祖母ちゃんを安心させるために、少し食べすぎて眠《ねむ》れなくなったので、ぼくは部屋で『幸島《さちのしま》あれから五年《ごねん》』を読んだ。奥付《おくづけ》を見ると、ちょうど五年前に出版《しゅっぱん》されたムック本で、出版元は幸島《さちのしま》のある地方の新聞社だった。

写真と文章の他に、十三人の子どもの作文が載《の》っていた。最初の三人は、「その日」、つまり事《じ》故《こ》が起きたときのことを書いていた。

〈「ドンッというすごい音がして、教室がゆれました。窓《まど》ガラスがびりびりしていると思ってみていたら、そのガラスに、急にばらばらと石が飛んできました。ガラスは割《わ》れなかったけれど、みんなびっくりして、恐《こわ》くて泣き出した子もいました。先生が、

「みんな、窓からはなれて!」

と言ったので、立ち上がってろうかのほうに行きました。」〉

突然《とつぜん》の事故、そして避難《ひなん》が始まる。

〈「山のほうから、すごい煙《けむり》が出ていました。

みんな、ハンカチで口をおさえて、ガスを吸《す》わないようにして、体育館にいきました。みんな、『死ぬ』『死ぬ』と言っていました。すると先生が、

『死なない!』

と、大声で言いました。

『みんなは死なない。そんなこと言っちゃだめ』

先生はみんなに聞こえるように、ハンカチを口にあてていませんでした。

『先生、ハンカチして』
わたしは言いました。みんなは死なない。でも、先生がみんなに聞こえるように、ハンカチをしていなかったら死んでしまうと思ったのです。」〉
そして、この子は迎《むか》えに来た父親の車で家に帰り、島外へ家族と避難《ひなん》する。飼《か》っていた犬を置いて――。
置き去りにされた動物たちの一部は、自衛隊《じえいたい》やNPO《エヌピーオー》団体《だんたい》に助けられ、飼い主の元《もと》に戻れたものもいた。しかし、それは主に対岸近く、採掘所《さいくつじょ》から離《はな》れた場所にいた運のいい動物たちだった。女の子の家は、採掘所のすぐそばだった。

やがて、月日がたつ。

ぼくは「五年目」と書いてある章の、小学六年生の男の子の文章を読んだ。

〈「避難したばかりのときは、すぐ自分の家に帰れるんだと思っていた。だけど、何年たっても帰れなくて、ぼくや弟は、新しい学校の友達が増《ふ》えていった。お父さんもお母さんも、新しい仕事を見つけた。おじいちゃんだけがずっと、

『幸島《さちのしま》にかえりたい』

と言っていた。もともと、お酒は好きだったけど、昼間から飲むようになった。」〉

壊《こわ》された生活、変わってしまった暮《く》らし——。

子どもや若《わか》い人は島の外の生活になじみ、老人は懐《なつ》かしむ——そういう家が多かったけれど、子どももいじめられたりした。

〈「お兄ちゃんはスポーツ推薦《すいせん》で、北海道《ほっかいどう》の高校に行くと言いました。

『なんで、そんな遠くに？』

と、お母さんは止めましたが、

『そこなら、いろんなところから来た人がいるから』

と、お兄ちゃんは言いました。中学校では、『あの幸島《さちのしま》からきたんだ』と言われて、嫌《いや》だったからだそうです。」〉

ぼくは、作文を全部読めなかった。本は薄《うす》いのに重かった。


あの女の子は、なぜこの本を持っていたのだろう？　なぜ、あの病院にいたのだろう？　そして、あの女の子といっしょにいた男の子——二人はぼくの記憶《きおく》の中にいるあの双子《ふたご》なのだろうか？　ぼくは最初、あの二人を島の子だと思った。だが、全島避難命令が出ていた時期だ。子どもが島にいたはずはない。

では、ぼくと同じように、どこからか連れてこられた子どもたちなのだろうか？　何のために？　ぼくと同じようにアザクラ燃料《ねんりょう》の副社長や重役の子どもなのか？

ぼくは城田《しろた》さんにメールを送った。

「昔のことを少し思い出しました。ぼくはあの島で、同じ年くらいの双子《ふたご》と遊びました。男の子と女の子です。そういう子どもがいた社員はいますか？」

「すぐ調べます」という数時間後、仕事の早い城田《しろた》さんからきた結論《けつろん》は「いません」だった。

そもそも同じくらいの子どもはなく、一番近いところで二つ上の女の子と三つ下の男の子だったが、幼児《ようじ》の数歳差《すうさいさ》は大きい。五歳も差のある子どもを「双子」と記憶《きおく》することはないだろう、ということだった。ぼくもそう思った。

だとすると、あの双子は、いったいどこから来たんだ。どこからか、ぼくを遊ばせるために連れてきたのか？　今はいったいどこに住んでるんだろう。ぼくと同じように、つまりは島の子どもたちと同じように追跡調査《ついせきちょうさ》は受けてきたんだろうか？

ぼくは、あの双子のことが他人とは思えなくなった。

特に、この本を持っていた女の子には、ぜったいこれを会って返したい、と思った。

翌日《よくじつ》、城田《しろた》さんがたくさんのお土産《みやげ》を持ってやってきた。

城田《しろた》さんはお祖母《ばあ》ちゃんに、封筒《ふうとう》に入ったものを渡《わた》した。

「いらんよ。こんな。孫の面倒《めんどう》みるのは当たり前なんだから」

「そう言わずに。食《た》べ盛《ざか》りの男の子の一週間分の食費《しょくひ》だと思ってください」

その厚《あつ》みはどう見ても、食べ盛り十人分くらいだった。ぼくは自炊《じすい》していたので、だいたいの食費というものの見当がつく。

お祖母ちゃんは何度も押《お》し返《かえ》していたが、

「受け取っていただかないと、私《わたし》が社長に怒《おこ》られます」

と言われ、しぶしぶ受け取って仏壇《ぶつだん》に上げ、お祖父《じい》ちゃんの写真に手を合わせた。そして戻《もど》ってくるときこそっと、「あとで渡《わた》すからね」と、ぼくに言った。

そんなことは城田《しろた》さんもわかっているのだろうが、形だけでも役目を果たせたことにほっとしたのか、やっとお祖母ちゃんの入れた麦茶を飲《の》み干《ほ》していた。

お祖母ちゃんがお代わりを入れに立ったので、ぼくは城田《しろた》さんに言った。

「城田《しろた》さん、昨日はいきなり変なこと調べてもらってすみません」

「いいよ。また何か思い出したら教えてくれ。社長もそう言ってた」

「えっ、お父さんが？」

「そうだよ。心配してた」

予想外だった。

「そうですか……それで、ぼくは、いつ家に戻《もど》れますか?」

ここが嫌《いや》なわけではないが、そろそろ自分の部屋に戻りたかった。

「ああ、明日《あした》にでも帰っていいそうだよ」

「えっ?」

次号の週刊誌《しゅうかんし》や他誌に情報《じょうほう》が載《の》ることがないとわかったからだ、と城田《しろた》さんは言った。ぼくは拍子抜《ひょうしぬ》けした。もし夏休み中ずっとなんて言われたら、さすがに別な場所を考えてもらおうかと思っていた。

「正直、もっと大きな騒《さわ》ぎになるかと思ってたよ」

「ぼくもです」

ひょっとしたら、ここにもマスコミが来て……なんて心配もしていた。そうなってお祖母《ばあ》ちゃんに迷惑《めいわく》がかからなくてよかった。

「さすがに末期がんの患者《かんじゃ》に無遠慮《ぶえんりょ》に取材するのは難《むずか》しいと思ったんだろうな」

ぼくはうなずいた。また魔法使《まほうつか》いこと松本幸生《まつもとゆきお》は、最初に手記を載せた週刊誌と独占契約《どくせんけいやく》を結んでいたので、他の新聞・雑誌《ざっし》の取材は断《ことわ》ったようだと城田《しろた》さんは言った。

「ただ、別なところで問題が出てきた」

「別なところ?」

「君もネットで見たかな。妙《みょう》な信者が出始めてるんだよ、彼《かれ》には。まあ、死刑囚《しけいしゅう》と結婚《けっこん》したいって女性《じょせい》がいたり、犯罪者《はんざいしゃ》に人気が出るってのは、よくあるんだけどね」

「よくあるんですか?」

ぼくはびっくりし、戻ってきたお祖母ちゃんも顔をしかめた。

「知らないかい? 昔、小学生を何人も殺《ころ》した男は、三人の女性と文通して全員に『獄中結婚《ごくちゅうけっこん》しよう』って言ってたらしい」

「なんでそんな……?」

「特別な人と特別な関係になる自分は特別だとでも思いたいんじゃないか?」

城田《しろた》さんは鼻で笑った。

翌々日《よくよくじつ》、ぼくは一週間世話になったお祖母ちゃんの家を後にした。お祖母ちゃんは城田《しろた》さんの持ってきた封筒《ふうとう》を、そのままぼくに渡《わた》そうとしたので、

「こんな大金、中学生に渡していいの?」

と聞くと、こう言った。

「あんたは馬鹿なことに金つかう子じゃないってわかってるからいいよ」

「……貯金《ちょきん》する」

ぼくはお祖母《ばあ》ちゃんに頭を下げ、封筒《ふうとう》をリュックの底に仕舞《しま》った。

城田《しろた》さんの運転する車は、山奥の村を離《はな》れ、街の見える風景に帰ってきた。その間ぼくはずっと、週刊誌《しゅうかんし》の反響《はんきょう》と会社のことを聞いていた。

あの記事が出てすぐ、会社に関係者やお父さんの親戚《しんせき》から「これは本当なのか？」という問い合わせがあったという。会社関係の対応《たいおう》は主に城田《しろた》さんだったが、親戚にはお父さんが「本当だが、今は何も問題ない」と答えたという。

「だって君は健康だろう？」

五歳以降《さいいこう》まったく会っていないが、父方の親戚たちはみな、ぼくになにかガスや化学物質《かがくぶっしつ》の影響《えいきょう》が出ていないかと心配していたらしい。

「ちょうど、十年目の健康診断《けんこうしんだん》が終わったところでよかった。君は健康だと医師《いし》のお墨付《すみつ》きがもらえたわけだからね」

「ほかの子どもたちも、大丈夫《だいじょうぶ》なんですよね？」

「ほかの？」

「幸島《さちのしま》に、あのときいた子どもたちです」

「もちろんだよ。ガスの影響なんてあるわけないじゃないか！」

城田《しろた》さんは明るく笑った。ぼくは笑えなかった。お母さんは心配しすぎておかしくなるほど自分を責《せ》めた。きっと幸島《さちのしま》にいた子の親だって同じだと思った。

だが、城田《しろた》さんは「ガスの影響はないって、何年も前から医者も学者も断言《だんげん》しているし、会社は充分《じゅうぶん》な補償《ほしょう》をしたのに、金目当てに騒《さわ》いでいる人間がいるだけだ」と言った。

「社長はもう充分な説明をくり返したよ。だけど、満足しない人間がいるんだね。彼《かれ》の信者みたいに」

「彼の信者？」

「ああ、松本《まつもと》氏の支持者《しじしゃ》だ。『病気を押《お》して企業《きぎょう》と闘《たたか》う戦士《せんし》』って、一部からは人気なんだよ。ワケがわからないね」

迷惑《めいわく》そうに城田《しろた》さんは言った。でもぼくは想像《そうぞう》できた。なんたって彼は魔法使《まほうつか》いなのだ。ぼくは「被害者《ひがいしゃ》」なのに、いまだに彼のことを嫌《きら》いになれない。

車が一番の繁華街《はんかがい》に近づいた。あと三十分もすれば、家に着く。

「……城田《しろた》さん」

「なんだい？」

「お父さんの会社の近くで、降《お》ろしてもらっていいですか？」

「どうして？」

城田《しろた》さんの声に警戒《けいかい》が感じられた。それは、「迷惑な人々」のことを語ったときに、少し似《に》ていた。ぼくが何か、お父さんに対して迷惑《めいわく》なことをしようと思ってるんじゃないかと疑《うたが》っているのだ。

「社長は今、お盆休《ぼんやす》みで会社には……」

「いや、会いたいとかじゃないんです。大きい会社なのに、見たことなかったなって思って。物心ついたときには離婚《りこん》してたし、別に、お父さんに会いたいとかってわけじゃないけど……」

わざと心細げに、尻《しり》すぼみに言ってみた。「無理……ですかね？」

「……いや、外から見るくらい、いいと思うよ」

やった！　とぼくは思った。その嬉《うれ》しさは顔に出てしまったが、

「そうだね。君だって、実の父親の会社を外から見る権利《けんり》くらいある」

と城田《しろた》さんはうなずいて言った。思った以上に、「父に会いたがる息子《むすこ》」の演技《えんぎ》が効果的《こうかてき》だったようで、ぼくはちょっと申《もう》し訳《わけ》なくなった。

「ごめんなさい……余計《よけい》なこと頼《たの》んで」

「いいよ」

と城田《しろた》さんは笑った。その笑顔《えがお》は、ぼくがずっと慕《した》っていた親戚《しんせき》のおじさんのようだった。

8 明かされた真実

アザクラ燃料《ねんりょう》本社は、今のアパートの最寄《もよ》り駅《えき》から電車で三十分もかからない。行こうと思えばすぐに行けるけれど、なんだかすごく遠い、外国にある会社のような気がしていた。

広い四車線の道路を挟《はさ》んだオフィス街の一角に、ひときわ大きな夏の光を反射《はんしゃ》するガラス張《ば》りのビルがそびえ立っている。そして、その入り口では主に五十代から七十代くらいの人たちが十数人、プラカードを持って叫《さけ》んでいた。

「この暑いのに、よくやるなあ」

城田《しろた》さんは呆《あき》れたように言った。

「会社はちゃんと事故《じこ》の責任《せきにん》をとれー！」

「被害《ひがい》を矮小化《わいしょうか》するなー！」

そう叫ぶ人たちを見て、「やれやれ」という顔をする城田《しろた》さんに、ぼくは聞いた。

「あの人たちは？」

「裁判《さいばん》を起こしてる人たちだよ。いくつかグループがあってね」

「えっ、いくつも？」

城田《しろた》さんは、ちょっと失敗したなという顔をした。

「そうだよ。まあ、いろんな考えの人がいるからね」

ガスによる健康被害《けんこうひがい》を訴《うった》える元従業員《もとじゅうぎょういん》、遊園地の工事中に予兆があったことから事故《じこ》を予測《よそく》し防《ふせ》ぐことができたのではないかという住民団体《じゅうみんだんたい》、そして今日集まっているのは事故による「精神《せいしん》的苦痛《てきくつう》」を訴えている人たちだ、と城田《しろた》さんは言った。

「でも、ようするにみんな意地汚《いじきたな》い金の亡者《もうじゃ》だよ。それぞれ退職金《たいしょくきん》や見舞金《みまいきん》、事故の慰謝料《いしゃりょう》は支《し》払《はら》われているし、それで納得《なっとく》して満足している人たちがほとんどなんだ。生活の補償《ほしょう》は充分《じゅうぶん》したのに精神的な苦痛がどうの……って。厄介《やっかい》な人たちだよ」

「精神的な苦痛がどうの」という言葉を、ぼくは軽く感じられなかった。お母さんのことを思うと、精神的な傷《きず》も、その人や家族の人生を変えてしまう。

「――ありがとうございました」

「うん。気をつけて」

ぼくは車のドアを開け、リュックを持って外に出た。クーラーがきいていた車の中と違《ちが》って、真昼の街は、くらくらするような暑さだった。

会社に抗議《こうぎ》する人々は正面入り口の前に立つ守衛《しゅえい》と、数メートル距離《きょり》をとって主張《しゅちょう》していた。しかし時に感情《かんじょう》が高ぶったのか、入り口の前の五段《だん》ほどの階段を上り、近づきすぎて守衛に遮《さえぎ》られている人もいた。その人は一番年長で、たぶん七十は過《す》ぎたお爺《じい》さんだった。

「敷地《しきち》には入らないでください」

と言われたそのお爺さんが後ろによろけた。ぼくは思わず走ってゆき、お爺さんの体に手を伸《の》ばした。

「おっとっと！」

お爺さんは奇跡《きせき》的に倒《たお》れなかった。それはぼくだけでなく、同時に反対側から支《ささ》えた人のおかげだった。長い髪《かみ》と黒いタンクトップにデニムのスカートの女の子。

「あ……っ！」

ぼくが見ていると、女の子が「なに？」というように見返した。

「あの、フェリー乗り場で……それから病院のバス停《てい》で、本忘《わす》れたよね？」

「あっ！」

女の子が「幸島《さちのしま》の……」と呟《つぶや》き、ぼくはうんうんとうなずいた。

「スダさん、大丈夫《だいじょうぶ》？」

別な年配の女の人が、お爺さんに声をかけた。

「ああ、大丈夫だ。カオちゃんと、この兄ちゃんが助けてくれたよ」

「あら〜、すいません。ありがとうございます」

その人はお爺《じい》さんに、「もー、無理しちゃ駄目《だめ》よ。昨日も船乗ってたんでしょ?」と言った。

そしてカオと呼《よ》ばれた女の子に、

「カオちゃん、これあげるから、このお兄ちゃんとお茶でもしてきなさいよ」

と、カードのようなものを渡《わた》した。

「いや、別に……ぼくら知り合いじゃ」

と、ぼくは言いかけたが、カードを受け取ったカオは、なぜか旧知《きゅうち》の友のようにぼくに言った。

「やったね。じゃ、ちょっと涼《すず》んでこうか」

えっ? なんで?


カードは近くのドーナツショップのプリペイドカードだった。ぼくらはチョコドーナツとオールドファッション、そしてアイスコーヒーを二つ注文し、テーブルについた。

ぼくはいきなり女の子と二人で向かいあっていることにどきどきした。近くの大学生くらいの男子二人組が、ちらちらとぼくらのほうを見て「かわいいな」「美人だ」と言っているのが表情《ひょうじょう》と口の形でわかる。そんな視線《しせん》を気にせず、カオはチョコドーナツにかぶりつきながら聞いた。

「ねえ。あんた、どこの小学校?」

「えっ?」

なんでそんなことを聞かれるんだろうと思った。

「あたしは海角第三小《みづのだいさんしょう》から海角第二中《みづのだいにちゅう》だったよ」

「ぼくは、武笠一小《むかさいっしょう》から武笠中《むかさちゅう》」

「へえ。ずいぶん遠くに避難《ひなん》したんだ」

「避難?」

「大変だったね。でも遠くのほうが、いろいろ言われなくていいっか」

そこでぼくは気づいた。

「あの、ぼく幸島《さちのしま》の出身じゃ……」

「えっ!」

カオはドーナツを持ったまま、ぽかんとした。「だって、じゃ、なんであの会社に?」

「それは……その……えっと、最近、あの会社が話題で……」

しどろもどろになるぼくに、「な~んだ」とカオは笑った。

「てっきり、あたしと同じ島の子かと思った。これじゃ、逆《ぎゃく》ナンじゃん!」

チョコレートをつけて大笑いするカオは、それまでの大人っぽい印象《いんしょう》から一転して親しみやすく、そしてあの夏の浜辺《はまべ》を思い出させた。

「ご、ごめん」

「いいよ。勘違《かんちが》いしたあたしが悪いんだし。これ食べて帰ろ」

「うん。あの、カオって呼《よ》ばれてたけど、名前、カオリとか？」

「ううん。カオだよ」

カオはバッグからペンを取り出し、近くにあったペーパーナプキンに「松本夏生《まつもとかお》」と書いた。

松本《まつもと》か、と思った。幸島《さちのしま》に多い苗字《みょうじ》なのかもしれない。

「よく、ナツキって読まれるんだけど、カオだから。覚えといて」

ぼくはうなずいた。ぜったいに忘《わす》れない。そして、ぼくもナプキンをとって「伊東透馬《いとうとうま》」と書いた。

「いとうとうま？　とうが多いね」

「ああ、親が付けたときは、ちがう苗字だったから」

「ごめん……」

ぼくは首をふった。「さっきの、お爺《じい》さん、知り合い？」

「お爺さんじゃないよ。まだ五十代だから。あの人、同級生のお父さんなんだ」

ぼくらが二人で支《ささ》えた人は、幸島《さちのしま》で二十年漁師《りょうし》をしてきた人だと夏生《かお》は言った。十年前に事故《じこ》で職《しょく》を失い、慣《な》れない仕事と避難生活《ひなんせいかつ》のストレスから一時はアルコール依存症《いぞんしょう》になり、なんとか立ち直って、今はああいう活動を支えにしているという。

「あの会社に……デモに、よく来るの？」

「ううん、久《ひさ》しぶり。夏休みに入ったから」

「そういえば、さっきの人、『船に乗ってた』って」

「島の周りをパトロールしてる。島に渡《わた》って人の家からお金とか盗《ぬす》もうとするヤツがいたから」

そんなことが、と驚《おどろ》いたが、東日本大震災《ひがしにほんだいしんさい》の避難区域《ひなんくいき》でも、同じようなことがあったとネットで読んだことを思い出した。

「あのさ、フェリー乗り場で会ったとき、男の子いたよね？」

「ああ、アオ。弟だよ」

夏生《かお》はナプキンに「青生《あお》」と書いた。

「ガンとばしてゴメンね。あいつ、中学入って荒《あ》れたから」

「荒れたんだ……」

ぼくは青生《あお》の金髪《きんぱつ》とピアスとタトゥーを思い出した。なんとなく想像《そうぞう》がついた。

「あたしも他人《ひと》のこと言えないけどね」

この子は、荒れたという想像がつかない。黒い髪《かみ》と、普通《ふつう》のシンプルでカジュアルな服装《ふくそう》――

言葉も行動も、ちょっと強引《ごういん》で乱暴《らんぼう》だけど、擦《す》れた感じはなかった。

「双子《ふたご》なのに、ずいぶんちがうね」

「えっ？」

夏生《かお》はけげんそうな顔をした。「よく双子《ふたご》だってわかったね」

「え、だって、似《に》てるし……」

「二卵性《にらんせい》だよ。今は双子だって気づく人のほうが少ないのに。小学校に入る前くらいまではそっくりだって言われたけどね」

ああ、そうだ。ぼくは小学校に入る前の二人に会ってる。ぼくは言った。

「似てるよ、今も」

そして思い切って、夏生《かお》のリュックを指さした。

「そのクマ、アイラだよね？」

「なんで知ってるの？」

「だって、子どものとき遊んでもらったから」

「アイラと？　でもアイラがキャラクターだったハッピーアイランドは開園する前に事故《じこ》が起こったから、グッズ持ってる子も、遊んだ子もいないはずだよ？」

「そういう君は、どうして持ってるの？」

「あたしはハッピーアイランドで働いてた……ていうか働くはずだった人と知り合いだったから」

「知り合いってだれ？　その人は今どうしてるの？」

「……なんで、そんなこと聞くの?」

夏生《かお》はじっとぼくを見つめた。今までの、旧知《きゅうち》の友のような空気が途切《とぎ》れ、大きな黒い眼《め》がぼくを射《い》るように見ている。

「あんた、だれ?」

「ぼくは……」

と言いかけたとき、

「カオ、こいつだれ?」

という声とともに、ドンとテーブルにLサイズのコーラが置かれた。タトゥーが入った長い腕《うで》——松本青生《まつもとあお》だった。青生《あお》は夏生《かお》のとなりに座《すわ》った。

「友達」夏生《かお》は答えた。

「この中坊《ちゅうぼう》が?」

ずずっと青生《あお》はコーラをすすった。

「さっき、アザクラの前でスダさんがコケそうになったの、いっしょに助けたんだよ」

「えっ、じゃあ、幸島《さちのしま》の?」

青生《あお》の顔が、ぱっと明るくなった。「おまえ、どこ中?」

またこの展開《てんかい》か、と思ったが、あの小さな島で同じ体験をした子たちには、普通《ふつう》の同じ小学校・中学校を出たという以上の絆《きずな》があるのかもしれない。

「ちがうって。全然関係ない人」

夏生《かお》が言った。

「はあ？　関係ない中坊《ちゅうぼう》が、あんなとこにいんのかよ？」

ぼくはどきりとした。さっきまでは、夏生《かお》がぼくのことを思い出すことを密《ひそ》かに期待していた。だが、目の前にいる金髪《きんぱつ》の男には、思い出してほしくなかった。

「おまえ……どっかで？」

夏生《かお》が立ち上がった。「飲み終わったし、そろそろ行こうか」

ぼくも立とうとしたが、じっとぼくを見たまま青生《あお》は動かなかった。

「待てよ、カオ。見舞《みま》いまでは、まだ時間あるだろ？」

「アオ、どいてよ。お店、混《こ》んでるし。飲み終わったら出るのがマナーでしょ」

夏生《かお》は店内を見て言った。「外で待ってるから、あんたはゆっくりして……」

「あっ！」青生《あお》が小さく叫《さけ》んでぼくを指さした。

「おまえ、あのフェリー乗り場にいたヤツ？」

ぼくがうっかりうなずくと、「へえ。偶然《ぐうぜん》じゃん」と、青生《あお》が笑った。笑って細くなった眼《め》は、びっくりするほど夏生《かお》に似《に》ていた。

「なんて言うと思った？」

いきなり青生《あお》の表情《ひょうじょう》ががらりと変わった。その眼にも声にも、もう夏生《かお》に感じたような親しみやすさはなかった。

「おまえ、マルベリーズのおっかけか？」

「マルベリーズ？」

ぼくが聞くと、

「あー、もう。いいかげんにしてよ！」

と言うなり夏生《かお》が青生《あお》の足を蹴《け》り、「痛《い》て！」と青生《あお》が椅子《いす》から転げ落ちた。さっきまで「かわいいな」と夏生《かお》のことを見ていた二人組が、ぎょっとしている。

「なにすんだよ！」

「恥《は》ずかしい名前出すなっつの。このバカ！」

店中の客がふり返るような声で言うと、夏生《かお》はリュックを持って歩き出した。ぼくは慌《あわ》てて後を追った。

店の外で、夏生《かお》はふり返り、ぼくに謝《あやま》った。

「ごめん。アオが二回も、失礼なことしちゃったね」

「いいよ」と言うぼくに、夏生《かお》は、「ねえ」と、首をかしげた。

「あたしたち、どっかで会ってる？　もしかしてフェリー乗り場より、ずっと前に……」

ぼくはどきりとした。

「ど、どうして、そう思う？」

「アオとあたしが双子《ふたご》だって、すぐ気づいたし」

「…………」

「あんた、だれなの？」

もう、隠《かく》せないと思った。

「ぼくは、昔ハッピーアイランドで、魔法使《まほうつか》いとクマのアイラと双子と遊んだ」

「！」

「思い出した？」

こくり、と夏生《かお》がうなずいた。

「執念深《しゅうねんぶか》いな、おまえ」

いきなり後ろから肩《かた》をがっと抱《だ》かれた。青生《あお》が一見親しそうな顔で、ぼくの体の自由を奪《うば》ったのがわかった。

「アオ！　この人は……」

「聞いたよ。つまり、俺《おれ》たちを恨《うら》んでるんだろ?」

「ちが……!」

抵抗《ていこう》しようとしたが、青生《あお》はずりずりとぼくをビルの陰《かげ》に引きずっていった。

「やめてよ。アオ! 放しなって!」

壁《かべ》に押《お》し付《つ》けられる形で、青生《あお》がやっと手を離《はな》した。ほんとの壁ドンだ。

「大丈夫《だいじょうぶ》?」

と夏生《かお》に聞かれ、ぼくはうなずいた。びっくりしただけで、強く締《し》められたわけではない。

「俺らのこと恨んだってしょうがないぜ。俺らだってガキだった。ユキオさんに言われて、おまえとちょっと遊んだだけだ。おまえのことなんて覚えてもいなかった」

「………」

「まあ、カオは覚えてたみたいだけどな。『あの子どうしてるだろ』って、何度か俺に言ったもんな」

そうなんだ……ぼくは夏生《かお》を見たが、夏生《かお》はうつむき唇《くちびる》をかみしめていた。

「そうだ。おまえ、カオに感謝《かんしゃ》しろよ。あのとき、カオのおかげで命拾いしたんだからな」

「命拾い?」

「アオ、よけいなこと言わないでよ!」

「よけいなことと？　大事なことだろ」

ぼくはうなずき、夏生《かお》に言った。

「ぼくが『命拾いした』って、どういうこと？」

「おまえはな……」

と、言いかけた口をふさごうと夏生《かお》が手を伸《の》ばしたが、青生《あお》はそれを難《なん》なく避《よ》けた。

「おまえは殺《ころ》されるはずだったんだよ。社長の息子《むすこ》のおまえは、あそこで殺されて死体が送《おく》り届《とど》けられるか、死体の写真を送られるはずだったのさ。それをカオが止めたんだ」

「！」

ぼくは夏生《かお》の顔を見た。夏生《かお》は首をふった。

「違《ちが》う……あんなの、おじさんの冗談《じょうだん》に決まってるじゃん」

「そうかもな。でも本気だったかもしれないぜ。少なくとも、おまえが止めるまではな」

青生《あお》はそう言うと、ぺっと道に唾《つば》を吐《は》き、

「行くぞ」

と言うなり、夏生《かお》の手をつかんで引きずるように歩き出した。

残されたぼくは、ビルとビルに挟《はさ》まれた路地に棄《す》てられたゴミ袋《ぶくろ》のように立《た》ち尽《つ》くしていた。

第2章

あったはずの未来

1 復讐《ふくしゅう》

一週間ぶりに家に帰ったぼくは、ぼんやりと床《ゆか》に寝転《ねころ》がっていた。

冷蔵庫《れいぞうこ》には賞味期限《しょうみきげん》の切れた牛乳《ぎゅうにゅう》やハムやヨーグルト、冷凍庫《れいとうこ》には氷しかなく、食料を買いに行かなければならないが、何もする気になれなかった。

「おまえは殺《ころ》されるはずだったんだよ。社長の息子《むすこ》のおまえは、殺されて死体が送《おく》り届《とど》けられるか、死体の写真を送られるはずだったのさ。それをカオが止めたんだ」

青生《あお》の言葉が、頭の中でぐるぐると回っていた。

十年ぶりによみがえった楽しい思い出。それは、たとえ他人から見れば誘拐《ゆうかい》で犯罪《はんざい》で異常《いじょう》な状況《じょうきょう》でも、自分にとっては大切な楽しい時間だった。そう思っていた。

だれがなんと言おうと、あの遊園地の人々はみんな親切で、あの島にいた瞬間《しゅんかん》だけは、ぼくを純粋《じゅんすい》に楽しませるために作られた時間だったと——でも、そうじゃなかった。

ずっと首の後ろに、刃物《はもの》をつきつけられていたんだ。

「まだ帰りたくないよ」

「お母さんが心配するよ。お母さんを心配させちゃいけないよ」

優《やさ》しい魔法使《まほうつか》い――全部嘘《うそ》だった！


スマホが鳴った。城田《しろた》さんや、ましてお父さんとは話す気になれず無視《むし》した。が、もう一度鳴ったとき、切ろうとして応答《おうとう》にしてしまった。

「透馬《とうま》くんか？」

という声がした。村野《むらの》先生の声だった。なぜ先生がと思ったが、先日病院でこの番号を教えたことを思い出した。双子《ふたご》から受けた衝撃《しょうげき》が大きくて、すっかり忘《わす》れていた。

「せんせい……」

「おや？　声が、ちょっと変だよ。大丈夫《だいじょうぶ》かい？」

「だいじょうぶ……です。ちょっと寝落《ねお》ちしちゃって」

起き上がって時計を見ると、夜の九時だった。ちょっとではなく、三時間も床の上で寝ていたらしい。自分で思った以上に心を折られていた。

「そうか。この季節、クーラーで風邪《かぜ》ひく人も多いから、気をつけるんだよ」

「はい」

答えながら、クーラーのスイッチを押《お》した。むしろ部屋は蒸《む》し暑《あつ》く、髪《かみ》も肌《はだ》もべっとりとして気持ち悪かった。ぼくは電話しながら水道の水を飲んだ。

村野《むらの》先生は、ぼくが十年前のことを知ってショックを受けたのではないかと心配して、仕事終わりに電話をかけてくれたのだった。実際《じっさい》ショックは受けていたが、それは村野《むらの》先生の話よりも、その後にあの二人に会ったせいだった。

もちろん言わなかった。村野《むらの》先生と話しているうちに、ぼくはふと思い出した。

「先生って、T大学の医学部ですよね？」

「ああ、そうだよ」

「松本幸生《まつもとゆきお》と同じ大学ですね」

「そうだよ。でも彼《かれ》は教育学部だからね。理系《りけい》と文系《ぶんけい》で接点《せってん》はなかったが、噂《うわさ》は聞いていたよ。彼は昔から目立つ、優秀《ゆうしゅう》な学生だったからね」

そうだろうなと思った。T大は理系も文系も地方で一番なだけでなく、全国でもトップクラスの旧帝大《きゅうていだい》——戦前からある国立大なのだ。そんなところに高校もない小さな島から来たら話題になるだろう。それにあの外見、きっと女子学生にもてたに違《ちが》いない。

「会ったことありますか？」

「ああ、あるよ」

ぼくは二人が並《なら》んだところを想像《そうぞう》した。ぼくの最大の味方と最大の敵《てき》。

「あの事故《じこ》の後、ぼくが島の子どもたちを診《み》るようになってから、被害者《ひがいしゃ》の会でね。『子どもたちにガスの影響《えいきょう》は?』と聞かれ、『今のところは見られない』というと安心していた」

「………」

「今思うと、彼《かれ》の言う『子どもたち』には、君も入っていたのかもしれない。ぼくが君を診ていると、どこかで知って探《さぐ》りを入れていたのかも」

「それは……」

「たぶん心配してのことだ。そういう人間だった」

「先生はずいぶん、松本幸生《まつもとゆきお》のことを信用してるんですね。親しくなかったのについ皮肉の一つも言いたくなる。「ああ……ごめんよ」と村野《むらの》先生は謝《あやま》った。

「君にとっては加害者だったね。すまない」

「いえ……」

あまりに素直《すなお》に謝られて、かえって恐縮《きょうしゅく》した。あの魔法使《まほうつか》い、松本幸生《まつもとゆきお》に会って悪人だと見抜《みぬ》ける人なんてそういないだろう。それくらい彼は、子どもだったぼくから見てもかっこよくて優《やさ》しくて、完璧《かんぺき》な善人《ぜんにん》に見えた。

「先生はどうして、ぼくと母に十年間、優しくしてくれたんですか?」

「優《やさ》しくなんかしてないよ。仕事だ」

でも年に一度しか診察《しんさつ》しないぼくや母親をこんなに心配し、時間外まで電話をかける義務《ぎむ》はないはずだ。

村野《むらの》先生と話しているうちに落ち着いてきたせいか、忘《わす》れていた空腹《くうふく》が一気におそってきた。そうなると現金《げんきん》なもので、早く電話を切って何か食べたかった。

「ありがとうございます。ちょっと落ち着きました。もう大丈夫《だいじょうぶ》です」

「そうか、よかった。じゃあまた、何かあったら相談してくれ」

「はい」

通話を終えたぼくは、ざっとシャワーをあびて着替《きが》え、近所のコンビニに向かった。

冷たいうどんとおにぎりとパンとお菓子《かし》をカゴに入れ、レジに並《なら》んでいるところで、一冊《さつ》のアイドル雑誌《ざっし》の表紙が目に入った。「今アツい！　ご当地アイドル　北乃《きたの》カムイから琉球娘《りゅうきゅうむすめ》まで大特集40ページ」という見出しの下に、たくさんのグループアイドルの写真が貼《は》り付《つ》けられていた。ぼくはそれを何気なくめくっているうちに手が止まった。

半ページ使って大きく写真が載《の》っている五人組の女の子たちの中に、見覚えのある顔があったのだ。赤・緑・黄・黒・ピンクの衣装《いしょう》をつけたグループ〈マルベリーズ〉の中で、黒い衣装を身につけた子が、あの松本夏生《まつもとかお》だったのだ。雑誌は八百八十円。財布《さいふ》には二千円しか入っていない。ぼくは迷《まよ》わず雑誌を取り、カゴに入れたパンとお菓子を棚《たな》に戻《もど》した。

家に帰り、冷たいうどんをすすりながら、ぼくは雑誌を開いた。

〈マルベリーズ〉は、幸島《さちのしま》出身の五人の小中学生（当時）で結成されたアイドルグループだった。五人のメンバーの名前は、島の名産である桑《くわ》（英語でマルベリー）にちなんで、カラ＝カラヤマグワ、ナガミ＝ナガミグワ、テン＝テンジクグワ、マグ＝マグワ、クロミ＝クロミグワという桑の品種からとられている。

松本夏生《まつもとかお》は初期メンバーで今は「休養中」とあった。青生《あお》に蹴《け》りをいれた様子からして病気ではなさそうだから、何か別の理由があるのだろう。

グループ在籍時《ざいせきじ》のメンバー名は「クロミ」。中学三年と書いてあるが、よく見ると最初のページの隅《すみ》に、「このデータは20××年3月現在《げんざい》のものです」とある。つまり現在高一、ぼくより一学年上だった。なんとなく、やっぱりと思った。むしろ十年前はもっと年上に見えた。

うどんとおにぎりを食べ終わったぼくはスマホを取り、〈マルベリーズ〉という名前を検索《けんさく》し、何本かの動画と画像《がぞう》を見つけた。オリジナル曲は一曲しかなく、衣装もTシャツやポロシャツにキュロットやデニムという、質素《しっそ》というか文化祭のような感じだった。

ご当地とはいえアイドルなら、もっとフリフリヒラヒラを着ているものだと思ったが、ぼくはそういう甘《あま》い感じのファッションが好きではなかったので、むしろマルベリーズのほうがいいと思った。

ご当地アイドルに詳《くわ》しいアイドル評論家《ひょうろんか》のサイトでは、

「人口一万人弱の町から選ばれたと思えないほどスペックの高い五人組。一番人気は正統派《せいとうは》センターのテンちゃん（16）、二番目はしっかりした姉キャラリーダーのナガミちゃん（17）、三番目はキレキレダンスで同性《どうせい》人気No.1のクロミちゃん（15）」

と紹介《しょうかい》されていた。背《せ》の高い夏生《かお》は後列だったが、ぼくは夏生《かお》しか目に入らなかった。長い手足をいかしパワフルに踊《おど》る夏生《かお》は、歌よりも片手側転《かたてそくてん》やジャンプを取り入れたダンスが得意《とくい》で、思わず「かっこいい……」と、ぼくは呟《つぶや》いていた。

ぼくは完全に、クロミこと松本夏生《まつもとかお》のファンになっていた。


開かずの扉《とびら》を開けてしまった夏、あふれ出たさまざまな物がかき回された夏休みも終わりに近づいていた。

すっかり溜《た》まってしまった宿題のプリントを片付けながら、一人の部屋で、ぼくはカレンダーと〈復幸祭《ふっこうさい》〉のチラシを眺《なが》めていた。〈復幸祭《ふっこうさい》〉は九月一日の日曜日だった。マルベリーズのライブがあるが、休養中の夏生《かお》が〈復幸祭《ふっこうさい》〉に来るとは限《かぎ》らない。でも、たとえ来なくても、ぼくはあの島にもう一度渡《わた》りたかった。船であの島に行きたかった。

そんなことを考えていると、電話が鳴った。城田《しろた》さんからだった。

「えっ、明後日《あさって》？　はい、大丈夫《だいじょうぶ》です」

いつも月始め、つまり次は九月一日に渡されるはずの生活費《せいかつひ》を、少し早めに渡したいという連《れん》絡《らく》だった。

「じゃあ、いつものところで。あ、違《ちが》うんですか、はい」

二日後、ぼくは城田《しろた》さんがメールで指定した店に向かった。なぜかいつもの古い喫茶店《きっさてん》ではなく、自転車で五分ほどの大きな駅ビルの最上階にあるカフェだった。

友達と行くのはたいていマックや、贅沢《ぜいたく》してもスタバやモスで、街の喫茶店すら城田《しろた》さんとでなければ行くことはない。まして指定された駅ビルのカフェのある階は、美容室《びようしつ》とエステと室内ゴルフの店舗《てんぽ》しかなく、完全に大人のフロアといった感じだった。

そんなフロアにある店はもちろん初めてで、ぼくはドキドキしながら足を踏《ふ》み入《い》れた。中には美容室やエステのついでといった年配の客が多く、その奥《おく》で待っていた城田《しろた》さんは、いつもの喫茶店と違って風景に馴染《なじ》んでいる。

「今日は、すごいとこですね」

「そうかい。まあ、座《すわ》って。先に頼《たの》むといい」

「先に？　まだだれか来るんですか？」

嫌《いや》な予感がした。そして、城田《しろた》さんが立ち上がったとき、その予感が当たった。

「なんで……？」

思わず呟《つぶや》いたぼくに、

「なんで？　親が息子《むすこ》に会いに来ちゃ悪いのか？」

と言いながら、スーツ姿《すがた》のお父さんは、どさっと椅子《いす》に座《すわ》った。

ああ、こういう人だったな、と思い出した。相手の気持ちなんか、お構《かま》いなしだ。

「城田《しろた》からいろいろ聞いた。おまえ、あの記事を読んで、事件のこと思い出したらしいな？」

正確《せいかく》には順番が違《ちが》うが、この人に詳《くわ》しく説明する気は起こらなかった。ぼくが黙《だま》ってメニューを見ていると、お父さんは言った。

「私《わたし》は、おまえを誘拐《ゆうかい》した犯人《はんにん》を裁判《さいばん》で訴《うった》えることにした」

「は？　な、なんで今さら？」

予想外の人物の、さらに予想外の重大発表に頭が混乱《こんらん》した。

なんだ？　なんでいきなりぼくの生活の中に入ってきてかき乱《みだ》すんだ。頼《たの》んでもいないのに。

「犯人がわかったからに決まってるだろ。十年前はおまえと晶子《しょうこ》の証言《しょうげん》があいまいで、まったく手がかりにならなくて捕《つか》まえられなかったからな」

「今だって警察《けいさつ》が捕まえるのは無理だよ。誘拐の時効《じこう》の五年をもう過ぎてるんだから。あ、身代《みのしろ》金《きん》を要求した場合は十五年だけど」

ぼくの言葉に、お父さんは城田《しろた》さんと顔を見合わせた。

「そのとおりだ。よく知ってるな」

ぼくはネットで法律《ほうりつ》を調べたのだ。なぜ、雑誌《ざっし》であんな過去《かこ》を告白《こくはく》しても警察に捕まらないのか不思議だったからだ。

それは時効のせいだった。殺人《さつじん》なら無期限《むきげん》、強盗《ごうとう》は十年、放火なら人の住んでいない建物は十年、住んでいる建物は二十五年……というように、時効は同じような犯罪《はんざい》でもずいぶん違う。

そして、この事件《じけん》は犯人がいて証拠《しょうこ》があっても、時間がたちすぎていた。

「今はもう時効を五年も過《す》ぎている。会社の弁護士《べんごし》も、訴《うった》えても『不起訴《ふきそ》』になるという見方だ。つまり検察官《けんさつかん》が、訴訟条件《そしょうじょうけん》を欠くため裁判《さいばん》にならないと言うだろう。そしておまえがケガもしてなかったので、傷害罪《しょうがいざい》にも問えない」

チッ、と舌打《したう》ちするようにお父さんは言った。まるでぼくがケガでもしていればよかったとでも言うように。

「お父さん。傷害罪だって時効は十年だよ」

「ああ、わかってる。結局『子どもがかわいかったので連れまわした』という程度《ていど》の事件になるんだ。犯人に余罪《よざい》があればまた違ったかもしれない。どれかの罪《つみ》が一つでも時効になっていなければ、すぐに逮捕《たいほ》して起訴《きそ》されただろう。だが余罪《よざい》はない」

余罪どころか——十年前にたった一度、「出来心で」子どもをさらい、すぐに帰した男は、その前も後も善良《ぜんりょう》な市民で、むしろ大きな事故《じこ》の被害者《ひがいしゃ》で、末期《まっき》がんの患者《かんじゃ》だ。世間には同情《どうじょう》し共感している人さえいる。

「もし、民事で訴《うった》えても、相手の弁護士《べんごし》は『当時は大きな事故で生活のすべてを失って正常《せいじょう》な判断《はん》《だん》ができなかった』と責任能力《せきにんのうりょく》がなかったと主張《しゅちょう》してきますよ。それに、余命《よめい》半年の病人です。いくら裁判《さいばん》を急いでやっても、本人からお金を取ることはできないでしょう」

城田《しろた》さんの言葉に、ぼくはうなずいた。

「じゃあ、やっぱり無理だね」

「何言ってる。こっちはかわいい子どもを誘拐《ゆうかい》されたんだぞ。無罪でなんか済《す》ませるか」

「はあ?」

「法律的《ほうりつてき》に刑事裁判《けいじさいばん》で裁《さば》くのは無理だ。だが、『子どもを親から引《ひ》き離《はな》した卑劣《ひれつ》な犯罪《はんざい》で精神的《せいしんてき》苦痛《くつう》を受けた』と民事裁判で慰謝料《いしゃりょう》を請求《せいきゅう》することはできる」

子どもを親から引き離した卑劣な犯罪——百歩譲《ゆず》ってここにお母さんがいたら、その言葉に納《なっ》得《とく》したかもしれない。

でも、ぼくは目の前にいるお父さんが、ぼくと引き離されて苦しんだとは思えなかった。そして、お父さんは言った。

「だから、おまえも協力しろ」

「ぼく？」

「そうだ。おまえは被害者だ。私《わたし》もな。あんな奴《やつ》に負けたままでいられるか」

その言葉に、ぼくはお父さんがぼくのことより、自分のプライドで裁判を起こしたがっていることがわかった。

「おまえは証言《しょうげん》すればいいんだ。あの島に行ったときのことを」

「あの島に行ったときのこと……」

ぼくは目を閉《と》じ、思《おも》い浮《う》かべた。

「楽しかったです」

目を開けると、お父さんが理解《りかい》できないモノを見る目をしていた。

「おまえは馬鹿なのか？」

「社長」

まあまあ、というように城田《しろた》さんが間に入った。

「そう思わせてたんですよ、犯人たちは。だって、ちょっとでも怖《こわ》いなんて思ったら、子どもは帰りたがりますから。だから安心させていたんです。狡猾《こうかつ》な奴らですよ」

そして城田《しろた》さんは、にっこり笑って「そう印象《いんしょう》づけられますよ」とお父さんに言い、ぼくにはこう言った。

「奴《やつ》らは巧妙《こうみょう》だった。君は子どもだった。『楽しかった』でいいんだよ」

「……………」

いいんだよって何だろう？　ぼくは城田《しろた》さんに、初めてムカついた。なんで他人に、自分の気持ちを「そう思っていいんだよ」なんて言われなきゃならないんだ？

「彼《かれ》らに罪《つみ》がないわけがない。企業《きぎょう》だけが一方的に悪者にされるのはおかしいよね。企業が悪なら、どうして島の人々は呼《よ》んだんだい？」

「キケンだって知らなかったからでしょう。騙《だま》されてたんだ」

「ガスの採掘《さいくつ》、精製《せいせい》や販売に関わったのはみんな大人だよ。子どものように文字が読めなかったからでも、意味がわからなかったわけでもない。納得《なっとく》して、いっしょにガスを利用していた。何十年も儲《もう》かって恩恵《おんけい》を受けていた、いわゆる企業城下町《きぎょうじょうかまち》だったんだ。島の大人たちも。だけど事故《じ》が起きたとたん、企業のせいで自分たちが一方的に苦しめられたと言う。それはおかしいよね」

丁寧《ていねい》に説明しようとする城田《しろた》さんを遮《さえぎ》るように、お父さんが口を挟《はさ》んだ。

「とにかく、裁判《さいばん》になったらおまえは私《わたし》たちの言うように証言《しょうげん》すればいいんだ」

それはとにかく「面倒臭《めんどうくさ》い」という態度《たいど》だった。自分の言うことになぜ従《したが》わないのか、従わない人間になぜ説明しなければならないのか、という顔だった。

「……ぼくは、裁判の道具ですか?」

「そうだ。おまえは、私の言うとおりにすればいいんだ」

ぼくは立ち上がってお父さんに言った。

「……だれが、証言なんかしてやるか」

「透馬《とうま》!」

お父さんの怒鳴《どな》り声《ごえ》と、「社長、反抗期《はんこうき》ですから」という城田《しろた》さんの声が聞こえた。

2 新《しん》証《しょう》言《げん》

翌日《よくじつ》、ぼくは悠太《ゆうた》と春斗《はると》と映画《えいが》を観《み》た。一人でいると嫌《いや》なことばかり考えるので、外に出て人に会いたかった。

約束をしておいてよかった、と思う一方で、あの週刊誌《しゅうかんし》の記事のことを聞かれるのではないかと緊張《きんちょう》もした。

ネットの一部では、「この社長の息子《むすこ》って今どうしてんの?」「誘拐《ゆうかい》なんかされてまともな人生歩めないだろ」なんて書かれてもいたからだ。

しかし、二人からは「誘拐」の「ゆ」の字も出なかった。それは気をつかっているわけではなく、本当に事件《じけん》や記事そのものを知らないようだった。

考えてみれば当たり前だった。十年も前の地方の事故《じこ》のニュースなんて覚えているほうが不思議だ。全国区で全国民の問題なら、授業《じゅぎょう》で習ったり何度も大人の話題にのぼったりするから、なんとなく知っている。地方の事故と、その事故に絡《から》む警察沙汰《けいさつざた》にもならなかった小さな事件なんて、中学生が関心を持つはずもなかった。

『ゴールデンアップル』はアメリカのアニメ映画で、ぼくと悠太《ゆうた》は字幕《じまく》でもよかったが、春斗《はると》の好きなアイドルが参加しているというので吹《ふ》き替《か》え版《ばん》を観た。

夏休みの吹き替え映画は小さな子どもだらけで、最初はうるさくて失敗したかと思ったが、主人公が転ぶだけでかわいい笑い声が起こり、クライマックスでは「がんばれえー！」と声が飛ぶ応援上映《おうえんじょうえい》は悪くなかった。そして、こんな小さな子どもを、五歳《さい》のぼくを、松本幸生《まつもとゆきお》は騙《だま》したのだと思った。

上映が終わり、三人で入ったマックで、

「いやー、マジ傑作《けっさく》」

と満足げな春斗《はると》に、

「で、おまえの推《お》し、どこに出てたの？」

と悠太《ゆうた》が聞いた。主要な登場人物の吹き替えはみんな有名な俳優《はいゆう》と声優《せいゆう》で、春斗《はると》がスマホの待ち受けにしている大人数グループの順位四十番くらいのアイドル阿武隈《あぶくま》リコがどこに出ていたか、ぼくらはわからなかった。

「えっ、出たじゃん。あの道聞かれたりんご農家の娘《むすめ》」

「あっ、あれかあ。『こっちですよ』だっけ？」

「もう一つ、『気をつけてくださいね』ってセリフもあっただろ」

春斗《はると》はムキになって言った。ぼくは今までアイドルのファンになったことがなく、「推し」のコンサートや握手会《あくしゅかい》に行ったり、ファンクラブに入る春斗《はると》の気持ちがわからなかったが、初めてその気持ちがわかりかけていた。

「なんでそこまでして応援《おうえん》すんの?」

と言う悠太《ゆうた》に、春斗《はると》はスマホの写真を見せながら言った。

「だって、リコちゃんはもともと東北チームの子だし、『舞台中心《ぶたい》にやりたい』って言ってるからさ。テレビ出ないと情報《じょうほう》ないだろ? せめてファンクラブとか入らないと」

今は、はやぶさに乗って仙台《せんだい》のライブまで行った悠太《ゆうた》の気持ちがわかる。ぼくは二人の話を聞きながら、ふと松本幸生《まつもとゆきお》の名を検索《けんさく》した。

その多くは非難《ひなん》する声だったが、城田《しろた》さんの言うように擁護《ようご》する声もあったし、「彼《かれ》は罪《つみ》になるのか?」という長い論文《ろんぶん》のような文章を書いている人もいた。

「透馬《とうま》、スマホやっと買ってもらったんだ」

「うわっ、画質《がしつ》いいなあ。めちゃくちゃ高いヤツじゃんコレ」

二人に覗《のぞ》き込《こ》まれ、ぼくは慌《あわ》てて話を戻《もど》した。

「あ、ああ……。いや、『ゴールデンアップル』やっぱり、映画《えいが》サイトのレビューも評判《ひょうばん》いいなと思って」

と言いつつ、ぼくは思い切って二人に聞いた。

「あのさ、松本幸生《まつもとゆきお》って知ってる？」

「だれそれ？」

春斗《はると》は思ったとおりの答えだったが、悠太《ゆうた》の反応《はんのう》は意外なものだった。

「ああ、週刊《しゅうかん》フライヤーで十年前の告白《こくはく》してた誘拐犯《ゆうかいはん》だろ。知ってるよ。ウチのばあちゃんの推《お》しだ」

ぼくはシェイクを吹《ふ》きそうになった。

「推し？　マジで？」

「てか、そのマツモトユキオってだれ？」

と言う春斗《はると》に、「ほら『私《わたし》が十年前に誘拐しました』って週刊誌《しゅうかんし》に載《の》ってたじゃん」と悠太《ゆうた》は言ったが、春斗《はると》は首をかしげた。もっとも春斗《はると》のほうが一般的《いっぱんてき》な反応《はんのう》なのだろう。現在進行形《げんざいしんこうけい》の事件《じけん》でもないのだから当然だった。

これが昔の犯罪《はんざい》でも、長いこと指名手配されていた犯人《はんにん》が急に自首してきたならともかく、そもそも犯罪として知られていなかった出来事なのだ。悠太《ゆうた》がスマホでフライヤーの記事を見せると、

「うわっ、犯罪者じゃん。なんでそれがおまえのばあちゃんの推しなんだよ？」

と春斗《はると》は言い、ぼくもうなずいた。

「いや、うちのばあちゃん、大学で学生運動やってた人だからさ、このアザクラみたいに事故《じこ》とか公害起こした企業大嫌《きぎょうだいきら》いなんだよ。で、そういうのに反抗《はんこう》するような人がドンピシャなわけ」

悠太《ゆうた》はスマホの写真を拡大《かくだい》した。

「それにほら、この人イケメンじゃん。なんかばあちゃんが好きだった山本《やまもと》ナントカって俳優《はいゆう》にも似《に》てるんだってさ。大学を卒業した後、アジアとかアフリカとか一人旅してるとこもポイント高いんだよ」

「おまえも詳《くわ》しいじゃん」春斗《はると》が笑った。

「いろいろ聞かされたからな。ばあちゃんインテリだから、もともと芸能人《げいのうじん》より報道番組《ほうどうばんぐみ》のキャスターとかが推《お》しでさ、今はこのユキオッチに夢中《むちゅう》だ」

「なるほど……」

ぼくは妙《みょう》に感心した。松本幸生《まつもとゆきお》の支持者《しじしゃ》は城田《しろた》さんの言う「私《わたし》は特別」と思っているような有名人好きも多いのかもしれないが、悠太《ゆうた》のお祖母《ばあ》さんのような人もいるのだ。

「ばあちゃんの周りでデモとか市民運動やってるような人にファン多いってさ。もし本なんか書いたらぜったい買うってよ」

「へえー、わかんねーな」

春斗《はると》が興味《きょうみ》なさそうに言った。だれを好きになって、だれを推したくなるか、ほんとに人それぞれだと思った。

そういえば、松本幸生《まつもとゆきお》とあの双子《ふたご》はどういう関係なのだろう？　青生《あお》は「ユキオさん」、夏生《かお》は「おじさん」と呼《よ》んでいたし、苗字《みょうじ》が同じだから親戚《しんせき》の可能性《かのうせい》はあるが、「おじさん」は知り合いの「おじさん」ということもありうる。

気になったぼくはトイレに立ったついでに、さらに検索《けんさく》すると、いろいろな情報《じょうほう》が出てきた。

松本幸生《まつもとゆきお》は結婚《けっこん》はしていないが、亡《な》くなった妹夫婦《ふうふ》には事故《じこ》当時就学前《しゅうがくまえ》の双子がいた。これだ。きっと夏生《かお》と青生《あお》は妹の子……つまり二人にとって彼は伯父《おじ》さんなんだ。

妹夫婦は島で新築《しんちく》の家を買ったばかりだった。会社からの見舞金《みまいきん》は新しい場所での生活のために消えてゆく一方で、自分たちが住んでもいない家のローンを払《はら》わねばならない。事故から二か月後、慣《な》れない土地で必死に働く夫の過労《かろう》による居眠《いねむ》り運転から起こった交通事故で夫婦ともに亡くなっている。松本幸生《まつもとゆきお》は自分の両親、つまり双子の祖父母《そふぼ》とともに二人を育てる。二人にとって、伯父は親と同等の存在《そんざい》だったのだ。

松本幸生《まつもとゆきお》には一切《いっさい》、悪い噂《うわさ》が出てこない。学生時代から成績優秀《せいせきゆうしゅう》で、親しみやすい人気者。震災《しんさい》にあった土地や海外でのボランティア経験《けいけん》もある。

これは……やっぱり善《よ》い人なんじゃないのか？　青生《あお》が言っていた「殺《ころ》されるはずだった」なんて嘘《うそ》なんじゃないのか？

帰りに春斗《はると》と別れ、悠太《ゆうた》と二人になったとき、ぽつっと悠太《ゆうた》は呟《つぶや》いた。

「実は、俺《おれ》もさ、ユキオッチ嫌《きら》いじゃないんだよね」

「えっ、な、なんで？」

ぼくは動揺《どうよう》を隠《かく》して聞いた。「お祖母《ばあ》ちゃんの影響《えいきょう》？」

「それもあるけど、なんか写真とか告白《こくはく》がさ、悪い人に見えないじゃん」

「……でも、誘拐犯《ゆうかいはん》だぜ？」

自分でも悪い人間ではないのかもしれないと思いながら、他人にそう言われると、なんだかモヤッとした。

「でもさ、誘拐犯って言っても身代金《みのしろきん》も要求してないし、エロ目的でもなかったんだろ？　誘拐された子どもだってさ、五歳《さい》くらいじゃ何も覚えてないんじゃ……」

「覚えてるよ！」

思わず大声を出したぼくに、「は？」と悠太《ゆうた》は顔をしかめた。

「い、いや、赤ちゃんならともかく、五歳ぐらいなら何も覚えてないってことはないんじゃないか……な」

「う～ん」と悠太《ゆうた》は思い出すように言った。

「まあ、そうだな。俺《おれ》だって覚えてるもんな。五歳のときの、幸島《さちのしま》の爆発《ばくはつ》のこと……」

「あ、ニュースで観《み》たのか?」

「いや、あの島にいたんだよ。あの爆発のとき」

「ええっ!」

ぼくはなぜか悠太《ゆうた》から少し体を離《はな》し、

「お、おまえ幸島《さちのしま》の人だったのか?」

と呟《つぶや》いた。そんなぼくの驚《おどろ》き方《かた》を、大げさかわざとらしいと思ったのか、悠太《ゆうた》はちょっと怒《おこ》ったように言った。

「なんだよ。だからって別にうつる病気とか持ってないぜ?」

「ち、ちがうよ!」

誤解《ごかい》だ。とんだ誤解だ。ぼくはあえて悠太《ゆうた》に近づいた。

「そうじゃなくてさ、びっくりしたから。なんか……ほら、有名な事故《じこ》とか事件《じけん》にあった人間が、すぐそばにいるなんてフツー思わないだろ?」

「そうか? 意外といるんじゃね? 気づかなかったり、黙《だま》ってるだけでさ」

「…………」

そうだ。それはまさしくぼくのことだ。さっきも松本幸生《まつもとゆきお》の話をしながら、「その誘拐された子ども、目の前にいるぞ」とずっと思っていた。でも、言えなかった。言うのが恐《こわ》い。どんな反《はん》応《のう》をされるのか、どんなふうに関係が変わるのか、予想がつかない。

「幸島《さちのしま》って、お母さんの実家なんだ。だから俺、あの日たまたま幸島《さちのしま》の親戚《しんせき》の家に遊びにいってさ。五歳《さい》だったけど、すごい音と地震《じしん》みたいな揺《ゆ》れと、その後の大人のパニクった感じは覚えてる。てか……忘《わす》れられないよ」

「病院、ずっと行ってたのか？」

だから追跡外来《ついせきがいらい》なんて言葉を知っていたのか、と思った。

「いや、俺《おれ》と母親はそのとき、『すぐ帰ったほうがいい』って親戚《しんせき》に言われて急いでフェリーに乗ったから、事故《じこ》の後、島にいたのは一時間くらいで、特に検査《けんさ》も受けてない」

じゃあ問題ない……というかほかの子も問題なかったわけだが。

「でも、幸島《さちのしま》に住んでた従兄《いとこ》たちは検査受けてた。毎年」

「そうか……大変だったんだな」

「うん。後から聞いた話だけど、最初はすごく生活が大変で、親戚みんなで助けたらしい。でも、被害者《ひがいしゃ》には会社からお金が入ったってニュースになったら、俺のお父さんとかは『いっぱいもらってんだろ。ウチが親切にする必要ない』って言い出して……」

親戚関係がギクシャクし始めた、と悠太《ゆうた》は言った。妬《ねた》む者、たかる者、あえて関係を断《た》つ者……。たまに会う従兄たちも変わった、と悠太《ゆうた》は言った。

「前は、海でよく遊んでくれる兄ちゃんたちって感じだったんだけど、なんかやたら格好《かっこう》も金遣《かねづか》いも派手《はで》になってさ。ゲーセンに行ってすごいおごってくれたりするんだけど、そうするとウチのお父さんの機嫌《きげん》も悪いし、お母さんは心配するし。たぶん小さい島から街の学校に転校してさ、「かわいそう」とか「田舎者《いなかもの》」とか舐《な》められないように、金つかったんだと思う。会うたびつるんでる友達も派手に……ていうかガラが悪くなっていった」

二年前の正月、「遊びにいこうぜ」と誘《さそ》われたのをなんとなく断《ことわ》ったら、

「なんだよ。おまえも金の切れ目が縁《えん》の切れ目かよ！」

といきなり怒鳴《どな》られ、もう誘われることはなくなったという。

「俺、意味わかんなくて。お母さんに聞いたら、おじさんが見舞金《みまいきん》使って始めた商売失敗したんだって。だからもう金がないってわかった途端《とたん》、離《はな》れてった人もいたんだろうって」

「悠太《ゆうた》のことも、そう思ったのか……」

悠太《ゆうた》はうなずいた。「俺は別に、ゲーセンで何千円もおごってくれたりしなくても、好きだったのにな。海で釣《つ》りとか教えてもらってたころのほうが、好きだったのにな」

「…………」

「あの島で、じいちゃんの船に乗せてもらって、従兄《いとこ》たちと釣りして、浜《はま》で遊んで……ずっと、そんなことが続くんだと思ってた」

ああ、そうだ。住んでいた人だけじゃない。あの島を失ったのは、あの島で生まれた人、故郷《こきょう》のある人、その家族、みんなだ。

「お祖父《じい》さんは?」

「二年前に死んだ。お祖母《ばあ》ちゃんは介護施設《かいごしせつ》だ。あ、ユキオッチのファンていうのは、父親のほうのばあちゃんな」

「そうか……あのさ」ぼくは聞きたかったことを聞いた。

「松本夏生《まつもとかお》と松本青生《まつもとあお》って双子《ふたご》、知ってる?」

「カオとアオ? ああ、その名前なんか聞いたことあるな。従兄《いとこ》が『俺《おれ》、松本姉弟《まつもときょうだい》と、あの双子とダチなんだぜ』とか自慢《じまん》してたっけ。なんか海角市《みづのし》にシーホーンって有名なヤンキー集団《しゅうだん》があって、そことどうのって言ってたよ。知らんけど」

おそらくあの二人は島出身の中高生の間では、有名な美人とケンカの強い男子で、「親しい」と言えば一目置かれるような存在《そんざい》だったんだろう。幼稚《ようち》な自慢だ。だけどぼくは、自分が幸島《さちのしま》から避難《ひなん》していたら、それを自慢していなかったという自信はない。

二人と映画《えいが》を観《み》た数日後、フライヤーとは別の週刊誌《しゅうかんし》バックスに、また幸島《さちのしま》の記事が載《の》った。

「私《わたし》は松本幸生《まつもとゆきお》に雇《やと》われた——誘拐《ゆうかい》に使われた車の運転手の証言《しょうげん》」

ネットでは読めない記事だったので、ぼくはコンビニに走った。三軒目《けんめ》のコンビニで、ぼくはやっとバックスを手に入れた。

そして内容《ないよう》は、お金で運転手を頼《たの》まれたという男（40）が、こんなことを語っていた。

「まさか誘拐とは思わなかった。当時まったく事件《じけん》にならなかったので、ただ幸島《さちのしま》に行きたいという家族を乗せたものと思っていた。」

事故《じこ》から数か月後の幸島《さちのしま》は立《た》ち入《い》り禁止《きんし》だったはずだが、それに対して疑問《ぎもん》は抱《いだ》かなかったかという記者の問いには、こう語っていた。

「そのころ、どうしても島の家に貴重品《きちょうひん》や思い出の品を取りにいきたいという島民を、こっそり乗せる船があった。よくないことだとはわかっていたが協力したかった。人気《ひとけ》のない島の民家に泥棒《どろぼう》に入る輩《やから》もいるという噂《うわさ》も聞いていて、ひょっとしてその片棒《かたぼう》を担《かつ》がされるのではないかとも思ったが、小さな子どももいっしょだったので、『子どもを連れて泥棒に行くはずがない』と思った。そして、子どもはとても松本《まつもと》氏に懐《なつ》いていたので、誘拐だとは夢《ゆめ》にも思わなかった。」

松本《まつもと》氏の印象《いんしょう》を聞かれ、彼《かれ》はこう答えている。

「長身でスマート。運転しながら聞いていただけでも、言葉の端々《はしばし》に知的なものが感じられて、都会的というか、あの島のような田舎《いなか》の出身だとは思わなかった。子どもにも懐かれていたし、女性《じょせい》にも好かれそうだと思った。」

そんな印象の松本幸生《まつもとゆきお》に、唯一《ゆいいつ》違和感《いわかん》を感じたのが、帰りに迎《むか》えにいったとき、船から降《お》りた老人との会話だった。

『本当に帰していいのか？』と聞く老人に、『いいんだ』と答えていた。そして『もう殺《ころ》せない』と聞こえ、耳を疑《うたが》ったが、すぐ『車を出してください』と言われ、そのままになった。子どもは船を降《お》りるときから松本《まつもと》氏の腕《うで》の中で眠《ねむ》っていて、本当の父子《おやこ》のようだった。」

ぼくは週刊誌《しゅうかんし》を閉《と》じた。

「もう殺《ころ》せない」

殺すつもりだった……少なくとも、その可能性《かのうせい》があったんだ。

あの青生《あおお》の言葉が裏付《うらづ》けられてしまった。さわやかな、夏の風のような魔法使《まほうつか》いのほほえみが、再《ふたた》びどす黒く感じられた。

そしてネット上にも、急激《きゅうげき》に松本幸生《まつもとゆきお》を非難《ひなん》する声が広がった。

「誘拐《ゆうかい》に殺人未遂《さつじんみすい》じゃないか」

「正義《せいぎ》の人だと思ってたのに」

「裏切られた」

そんな声があふれた。

「いやあ、社長が喜《よろこ》んでいるよ」

駅ビル最上階のカフェで、城田《しろた》さんが持参した週刊《しゅうかん》バックスを前に言った。予想どおりだったが、一応《いちおう》聞いた。

「自分の子どもが殺《ころ》されるかもしれなかったのに?」

「……僕《ぼく》も、そう聞いた。でも君の、子どもの命の心配は、『誘拐されたときにさんざんしたからな』と」

そうかな、とぼくは思った。ぼくが家に帰るまで、両親は「誘拐」に気づいていなかった。気づかせなかったのだから。だから心配なんてしていなかったはずだ。

「社長は、『最初のインタビューが出たときのほうが違和感《いわかん》があった』と言っていた。『子どもを誘拐する人間が、こんなに善良《ぜんりょう》なわけがない』と。だから、今回の証言《しょうげん》のほうが腑《ふ》に落ちるそうだ」

「…………」

ぼくは複雑《ふくざつ》だった。「犯罪《はんざい》を起こすような人が善人のはずはない」という、お父さんの言い分もわかる。だが、そんな善人に法を犯《おか》すようなことをさせたのはだれなのか……。

「社長はあのドライバーにも証言してもらうそうだ。『これで、あいつが不利になる』と喜んでるよ。これ、おおまかな裁判《さいばん》の予定表だ」

城田《しろた》さんの出した紙を、ぼくは見る気にもならなかった。「公判はこの秋からだよ」と言って、城田《しろた》さんは書類を会社の名前が書かれた袋《ふくろ》に入れて、ぼくに預《あず》けた。

「くれぐれも、友達に喋《しゃべ》ったりネットに書《か》き込《こ》みしたりしないように」

「わかってます。そんなに馬鹿じゃない」

「もちろん、君のことは信用してるよ。でも、相手にも君と同じくらいの子たちがいてね。松本《まつもと》幸生《ゆきお》が一時面倒《めんどう》を見ていた甥《おい》と姪《めい》だ」

「！」

ぼくはとっさに、二人のことを知らないふりをした。

「へー、そうなんですか？」

「うん。そのうちそういう身内もマスコミに出てきて、伯父《おじ》はいい人だと話したり、精神的《せいしんてき》にゆさぶりをかけてくるかもしれない。君はお母さんに似《に》て優《やさ》しい子だから、そういう子たちの存在《そんざい》を知ったら同情《どうじょう》するんじゃないかと社長は心配していてね」

知らないふりをしてよかったと思った。

「お母さんのことも、刺激《しげき》しないほうがいいから、この話題には触《ふ》れないようにね」

「はい。でも、聞かれたら……」

「聞かれると困《こま》るようなら、お見舞《みま》いには行かなくていいよ」

そして城田《しろた》さんは、いつもより多めのお金を渡《わた》して帰っていった。


「なんだよ、これ……！」

ぼくはお金の入った袋《ふくろ》を床《ゆか》に叩《たた》きつけた。

狭《せま》く暗いアパートの部屋は、暑さと湿気《しっけ》で、より小さな箱に閉《と》じ込《こ》められているような気がした。でも、だからといって昔のような大きな家に住みたいわけではない。何となく覚えている。あの大きな家に住んでいたときのこと。部屋はたくさんあって庭も広いのに、なぜか窮屈《きゅうくつ》だった。それはきっと、お母さんが窮屈そうにしていたせいだ。

ぼくは目を閉じた。

「楽しい」

「帰りたくない」

「もっとここにいたい」

あれから十年もたったのに、少しは大人になったのに、ぼくは思ったことを口にすることさえできない。自分はどうしたいのか、何をしたいのか、どこに行きたいのか——いや、本当はわかってる。

探《さが》しにいきたいんだ。すべて焼かれたはずの糸車を。

お姫《ひめ》さまの父と母、王と王妃《おうひ》は、すべての糸車を焼いて、それで大丈夫《だいじょうぶ》だと本当に安心していたんだろうか？　一つでも残ったとは考えなかったのか？　一軒一軒《いっけんいっけん》調べたわけでもあるまいし。本当に不吉《ふきつ》な予言を止めたいのなら、姫《ひめ》を糸車のない外国に行かせるくらいのことをしてもよかったんじゃないのか？

とにかくあの王と王妃《おうひ》は、ツメが甘《あま》い。徹底的《てっていてき》にやらずに、ある程度《ていど》やったところで、「これで大丈夫《だいじょうぶ》だろう」と満足してしまう。食器は十二人分用意すればいいだろう、糸車は燃《も》やしたと報告《ほうこく》を受けたら大丈夫だろう——。

ぼくは歴史《れきし》の授業《じゅぎょう》で習った戦争の話を思い出した。資源《しげん》のない日本で幾《いく》つもの国を相手に戦争を始めたら、たちまち燃料《ねんりょう》や食料不足になるのは予想できたのに、「なんとかなるだろうと始めてしまった」と先生は言った。

なんとかなんてならなかった。いつも大人の甘い見込《みこ》みで、酷《ひど》い目《め》にあうのは子どもだ。

流水麺《りゅうすいめん》でも食べようかと冷蔵庫《れいぞうこ》を開けたところで、スマホが鳴った。

未登録の番号だったので無視《むし》しようと思ったが、「公衆電話《こうしゅうでんわ》」と出た。もしかして春斗《はると》や悠太《ゆうた》がスマホをなくしたり、充電《じゅうでん》が切れてかけてきた可能性《かのうせい》もある。そう思って出てみると、意外な人物だった。

「あたし、覚えてる？　松本夏生《まつもとかお》だけど」

「え、ええっ！」

自分のスマホに初めて女の子からの電話、しかも推《お》しのアイドルだ。流水麺がぼとっと床《ゆか》に落ちた。

「な、なにか用かな？」

「今度の日曜の九月一日、幸島《さちのしま》で〈復幸祭《ふっこうさい》〉っていうイベントがあるんだけど」

「う、うん。知ってる」

まさか、いっしょに行こうとか？

「社長……あんたのお父さん来る？」

なんだ、と思いつつ「わからない。今はいっしょに住んでないから。なんで？」と答えた。

「もし来たら、危《あぶ》ないと思って」

「えっ、なんで？」

少し間があって、夏生《かお》が答えた。「アオが、何かやるかもしれない」

「なにか？」

「復興桜《ふっこうざくら》みたいなこと」

「！」

ぼくはニュース映像《えいぞう》の、暗闇《くらやみ》に燃《も》える桜の木を思い出した。

「あれ……アオ君が？」

「アオでいいよ。ほんとにやったかどうかはわからないけどね。今、別々に住んでるの。あいつは工場の寮《りょう》。でもあの後、あたしに電話かけてきて言ってた。『桜《さくら》、キレイだったろ？』って」

「それは……」

ほとんどクロじゃないか、という言葉をぼくは飲《の》み込《こ》んだ。誘拐《ゆうかい》のついでに調べた、住居《じゅうきょ》や建《けん》造物《ぞうぶつ》以外への放火の罪《つみ》は、一年以上十年以下の懲役《ちょうえき》だ。

「最近、アオとは連絡《れんらく》がとれないんだ。何もないと思いたいけど、シーホーンとは手を切ってるし。あ、シーホーンって言うのは海（ｓｅａ）の角（ｈｏｒｎ）って意味で……」

「海角《みづの》のヤンキーだよね？」

「あんたいろいろよく知ってるね。上のほうはヤバい奴《やつ》らもいたけど、中坊《ちゅうぼう》なんて下《した》っ端《ぱ》のパシリだからね。組織《そしき》動かすなんてできないけど」

「動かせたとしても、アオは、いったい何がしたいの？」

また少し間があった。

「全部……壊《こわ》したいんだと思う」

暗い、重たい声だった。

「自分と同じ島の人たちが、復興《ふっこう》がんばってるのに？」

「そこは邪魔《じゃま》する気ない。でも、言いにくいけど……アザクラが中心になってるイベントには腹《はら》立つんだよ。『島を取《と》り戻《もど》しましょう』なんて、おまえが言うかって」

ぐさり、と何かが心臓《しんぞう》にささった。ぼくはもう、アザクラじゃないのに。

「じゃ、一応《いちおう》、気をつけて」

と告《つ》げて、一方的な夏生《かお》からの電話は切れた。

ぼくは床《ゆか》に落ちた流水麺《りゅうすいめん》を拾って流しに置き、城田《しろた》さんに電話をかけた。

3　ふたたび島へ

九月一日。

ぼくはふたたび二時間電車にゆられて、海角《みづの》駅の人でごったがえすホームに立っていた。

海から吹《ふ》いてくる風に、ぼくは思い切り潮《しお》の匂《にお》いを吸《す》い込《こ》んだ。うっそうと茂《しげ》った桜《さくら》の葉のすきまから見える海は、やっぱりきれいだった。

「立ち止まらないでください。立ち止まらないでください！」

という駅員の声に従《したが》い、人の波に流されるように駅を出てフェリー乗り場へゆくと、一か月前に来たときとはまったくちがった光景が広がっていた。

〈復幸祭《ふっこうさい》〉のカラフルなのぼりが立《た》ち並《なら》び、ヒマそうだった券売所兼《けんばいじょけん》売店のおじさんはもう一人の従業員《じゅうぎょういん》と、休む間もなく働いている。「本日に限《かぎ》りフェリー無料」とあり、幸島《さちのしま》出身者だけではなく、マスコミや近隣《きんりん》の人たちもたくさん来ているようだった。

しかし、警察《けいさつ》の姿《すがた》は思ったより少ない。ぼくは夏生《かお》が言った内容《ないよう》を城田《しろた》さんに伝えたのに。ただ、夏生《かお》の名を出したくなかったので、「だれかわからないけど、家に電話がかかってきて……」と言ったせいで、「会社には何もそんな脅迫《きょうはく》は来ていないよ。いたずら電話じゃないのか?」と言われてしまった。

でも、城田《しろた》さんが信じないのも無理はない。このイベントを本気で中止にしたいならば、主催《しゅさい》する海角市《みづのし》の市役所や、協賛《きょうさん》のアザクラ本社に、「爆弾《ばくだん》をしかけた。中止にしろ」といった電話をかけるはずだ。本当に、青生《あお》は何かするつもりなんだろうか? そして、もう一つの疑問《ぎもん》があった。夏生《かお》はどうやってぼくの携帯《けいたい》の番号を知ったのだろう?

二隻《せき》のフェリーは三十分ごとに出ては帰ってくる。ぼくは一本待ってやっと乗れた。百二十人乗りのフェリーの中は満席で、甲板《かんぱん》も人がいっぱいだった。

「すごい人出だね」

「やっぱり十年待ってたんだもんね」

「でも島の人ばっかりじゃないらしいよ」

「ほら、なんか子ども誘拐《ゆうかい》した人がいるじゃん。あの人のせいらしいよ」

「えっ、あの犯人《はんにん》来るの?」

そんな声が聞こえた。「あの犯人」はもしかして、この〈復幸祭《ふっこうさい》〉に、この島に注目を集めるために週刊誌《しゅうかんし》に告白《こくはく》したのではないかとさえ思った。もしそうなら、それは大成功だった。十年たって、もっと大きな災害《さいがい》の陰《かげ》に忘《わす》れられかけた小さな島の事故《じこ》は、あの週刊誌の告白のせいで一時的とはいえ注目を浴びた。そういえば、そんな事故があったなと思い出したり、初めて知って、関心を持つ人もいるだろう。ひょっとしたらそれが、魔法使《まほうつか》いの、松本幸生《まつもとゆきお》の告白の目的だったのかもしれない。

島に近づくと、虹色《にじいろ》のバルーンで作られたアーチが見えた。アーチの中央には、「おかえりなさい」と「ようこそ」が並《なら》び、その後に大きく「さちのしまへ」と書いてある。幸島《さちのしま》出身の人もそうでない人も、この島に迎《むか》え入《い》れる言葉だった。

ぼくは「ようこそ」と迎えられる側のはずだが、なぜか「おかえりなさい」という言葉に胸《むね》がしめつけられた。それは島の人々の気持ちになってしまったからか、それとも五歳《さい》の夏に一度だけ来た場所に「おかえりなさい」と言われたからか――あるいはその両方かもしれなかった。

風を切って海の上を走っていたフェリーの速度が遅《おそ》くなり、桟橋《さんばし》に近づいていった。勢《いきお》いよく動いていたエンジン音がゆっくりとしたテンポになり、やがて止まった。

ああ、ついに来たんだ。十年ぶりに。

風にのって鼓笛隊《こてきたい》のにぎやかな音楽が聞こえてきた。ぼくは四人のサーカス団《だん》に迎えられたときのことを思い出さずにいられなかった。

フェリー乗り場からすぐの「みなと広場《ひろば》」にはステージが造《つく》られ、その上で三十人ほど、ぼくと同じくらいの子どもたちが演奏《えんそう》している。演奏が終わると大きな拍手《はくしゅ》がわき、

「海角《みづの》第一中学校吹奏楽部《すいそうがくぶ》のみなさんでしたー！」

という司会者の声が、木に取り付けられたスピーカーから聞こえた。

「次は、幸島民謡会《さちのしまみんようかい》のみなさんです」

軽快《けいかい》な太鼓《たいこ》の音に合わせて、歌《うた》い慣《な》れたお婆《ばあ》さんたちの声が聞こえてきた。音はスピーカーで割《わ》れ、風に吹《ふ》かれて聞き取りにくかったが、

♪島の宝《たから》は　天の虫　絹《きぬ》の糸はく　お蚕《かいこ》さまよ～

という部分だけはわかった。その歌に合わせて手拍子《てびょうし》したり、踊《おど》るように体をゆらしているお年寄《としよ》りもいる。

この島では昔から歌舞《かぶ》が盛《さか》んだったとネットで読んだ。マルベリーズがご当地アイドルの中でも、歌やダンスのレベルが高いのはそのせいだと書いているアイドル好きの考察もあった。

野菜と動物を組み合わせたデザインの、県のゆるキャラが風船をくばっている。数十個《すうじっこ》の屋台テントには、「たこやき」「やきそば」「わたあめ」といったのぼりが立ち、ベンチや花壇《かだん》のへりに座《すわ》って食べている親子連れや子どもたちがいた。

人の流れの中を歩いてゆくうちに、「どうぞ」とさし出されたうちわの表は島の写真、裏《うら》は大きなリボンをつけた四人のマルベリーズの写真だった。

「透馬《とうま》君？」

大声で呼《よ》び止《と》められ、どきっとして立ち止まると、はっぴを着た城田《しろた》さんだった。

「城田《しろた》さん、その格好《かっこう》は……」

いつもびしっとスーツや背広《せびろ》でキメている城田《しろた》さんが、シャツの上に社名が入った真っ赤なはっぴを着ている。

「僕《ぼく》は会社の仕事で、この〈復幸祭《ふっこうさい》〉の裏方《うらかた》だよ。君こそなんで？」

「え……と、ネットで知って、来てみたかったから」

城田《しろた》さんは複雑《ふくざつ》な顔で、ぼくを見た。

「そうか。じゃあ、さっと見たら早く帰ったほうがいいよ。フェリーは遅《おそ》くなるほど混《こ》むからね」

「そうなんですか？」

「まだ、少しでも長く上陸していたい人が多いんだ」

そうか、そういう人たちのために遅い便は遠慮《えんりょ》して、部外者のぼくは早い便で帰ろう、と思ったが、最後に確《たし》かめておきたいことがあった。

「ぼくにきた電話のこと、警察《けいさつ》に伝えてくれましたか？」

「電話？　いや、いたずら電話のことか」

「いたずらじゃないです！」

城田《しろた》さんは少し驚《おどろ》いた顔をした。

「だって名前も言わなかったんだろ?」

「は、はい。でも、もしかしたらってこともあるし……」

「大丈夫《だいじょうぶ》だよ。社員と警備員《けいびいん》、合わせて百人来てるんだ」

「…………」

「じゃ、楽しんで」

そう言って城田《しろた》さんはぼくの肩《かた》を叩《たた》き、はっぴを翻《ひるがえ》して去っていった。

ぼくは、あらためて辺りを見回した。城田《しろた》さんと同じはっぴをきた男女と、たぶん会社が手配したガードマンの制服《せいふく》を着た人たちが、あちこちに立っているが、やはり警察の姿《すがた》は少ない。よく警察は事件《じけん》が起きないと動いてくれないというし、お父さんもこのイベントが狙《ねら》われているなんて公《おおやけ》にはしたくないのだろう。ぼくの誘拐《ゆうかい》のときと同じだ。

楽しげな歌や話し声、笑い声があちこちから聞こえてくる。考えてみれば、青生《あお》が何か予告《よこく》したわけではない。夏生《かお》の、ただの心配のし過《す》ぎかもしれない。

ぼくは無意識《むいしき》に、自分と同じくらいの中学生や高校生や若《わか》い人を目で追っていた。十年前にまだ「子ども」だった、ぼくや夏生《かお》たちと同じようにずっと検査《けんさ》を受けていた人たちだ。

事故《じこ》が起きた十二時二十分、島中に響《ひび》き渡《わた》るようなサイレンが鳴った。

「黙《もく》とう――」

市長の声に、人々はみんなうつむいて目を閉《と》じた。ぼくも目を閉じて黙とうした。

この事故では、だれも死ななかったと言われているが、避難先《ひなんさき》で体調を崩《くず》して亡《な》くなった人や自殺者《じさつしゃ》はいた。震災《しんさい》ではないけれど、震災関連死という言葉を思い出した。

ぼくは自分がこの島で生まれ、あの事故《じこ》にあい、急に何もかも奪《うば》われ、またこの日に帰ってくる立場だったらと想像《そうぞう》した。今日は嬉《うれ》しい、懐《なつ》かしいという気持ちとともに、これから本当にやり直せるのか、もう無理だ、ふざけんなよ、何が復興《ふっこう》だよといった相反した怒《いか》りや憤《いきどお》りが沸《わ》き上《あ》がってくる。そして、はっぴを着てにこやかに働くアザクラの人々への反発も。でも、だからといって、今日のために準備《じゅんび》してきた、この島の人たちの働きを全部ぶち壊《こわ》すなんてできない。

だから、青生《あお》は来ない――そう思った。

黙《もく》とうが終わり、どこかで見た人がステージに立った。

「この記念すべき日に、ごあいさつさせていただきます。アザクラ燃料《ねんりょう》副社長の鈴木《すずき》と申します」

一瞬《いっしゅん》お父さんかと思ったが違《ちが》った。顔や体形が、どこか似《に》ている。アザクラは一族経営《いちぞくけいえい》だというから、ぼくの知らない親戚《しんせき》なのだろう。お父さんとは顔を合わせたくないのでほっとすると同時に、こういう場所に来て謝《あやま》らなくていいんだろうかと思った。実際《じっさい》、「社長じゃないんだ」「あの社長は来ないよ」という声も聞こえた。

「あの十年前の不幸な事故に、弊社《へいしゃ》は多大な責任《せきにん》を感じております。つきましては、再来年《さらいねん》のフラワーフェスティバルには、この幸島《さちのしま》のために誠心誠意《せいしんせいい》……」

複雑《ふくざつ》な面持《おもも》ちであいさつを聞く人々の中から、ぼそりと呟《つぶや》く声が聞こえた。

「フラワーウォッシュだな」

「えっ?」

振《ふ》り向《む》くと、それらしき人影《ひとかげ》はなかった。青生《あお》の声に似ていた。

拍手《はくしゅ》が収《おさ》まり、人々がまたざわめき出した。ぼくはまた子どもたちや若《わか》い人を目で追った。そして見つけた。

ステージをほぼ真横からから眺《なが》める位置に、夏生《かお》が立っていた。

ぼくはとっさに木の陰《かげ》に隠《かく》れた。どうやって話しかけよう、いや、そもそも話しかけていいのか……と思って見ていると、夏生《かお》がぱっと向日葵《ひまわり》のような笑《え》みを浮《う》かべてステージのほうに手をふった。ステージにはチアガールのような衣装《いしょう》を着たマルベリーズが、元気よく登場したところだった。

ゆるキャラのときよりずっと大きな歓声《かんせい》が上がった。そして十七、八歳《さい》くらいの子が、

「こんにちはー、ナガミです!」

と言うと、三人が続いた。

「カラです!」

「テンです！」

「マグですっ！」

一人ずつ自己紹介《じこしょうかい》した後、四人は「せーの」で声を合わせた。

「島を元気にする桑《くわ》っ子《こ》、マルベリーズでーす!!」

それぞれの名前を呼《よ》ぶ子どもや男性《だんせい》の声が響《ひび》いた。

「それでは、私《わたし》たちのオリジナル曲『シルクの祈《いの》り』聴《き》いてください！」

♪あの日　世界が　変わりはて　すべてが消えた
マルベリーズが歌い始め、チラシが配られた。一か月後に海角市《みづのし》公民館で開かれる「マルベリーズ復興応援《ふっこうおうえん》ライブのお知らせ」だった。夏生《かお》を見ると、歌にあわせてくちびるが動いていた。

繭《まゆ》の中　目を閉《と》じて　ひざ抱《かか》え　夢《ゆめ》みてる
殻《から》たたく　音がする　忘《わす》れないで　わたしがいる
「クロミちゃんはいないんだ」

「あの子もかわいかったけどなあ」

二十歳《はたち》くらいの男の人たちが二人で話している。そのうちの一人が、夏生《かお》のほうを見て、「あれ？　クロミちゃん？」「似《に》てる」と指さした。それに気づいた夏生《かお》が、さっと人混《ひとご》みから離《はな》れて歩き出した。ぼくは後を追った。

夏生《かお》はすっすっと歩いていく。決して早足ではないが、一歩が大きい。夏生《かお》は広場から離れて、森の中の石段《いしだん》を上っていった。苔《こけ》むした古い石段は、昔の人の歩幅《ほはば》に合わせてあるのか、一段一段が低く、それを一段飛ばしでぐんぐん上っていく。

石段の天辺《てっぺん》には、赤い色より苔の緑が濃《こ》くなった鳥居《とりい》があった。そして鳥居の向こうに、小さな神社が見えた。ほこらに賽銭箱《さいせんばこ》、色あせた紅白《こうはく》のひもの上に、鈴《すず》が結びつけてある。

夏生《かお》はそのひもを引《ひ》っ張《ば》り、鈴をがらんがらんと鳴らした。手を合わせて頭をたれる夏生《かお》のそばで、ぼくは賽銭箱の近くに供《そな》えられている物に気づいた。

それは五個《こ》の蚕《かいこ》の繭だった。図鑑《ずかん》で見たことがある、ころりとした形。でも、図鑑で真っ白だったそれは、うすい緑だった。これも苔が生えてるのかな、と顔を近づけてみると、台の上にあった繭がころんと落ちた。息がかかったからだ。

繭が、息で動くほど軽い物だと知らなかった。地面に三粒ほど落ちた繭を拾っていると、「はい」と、夏生《かお》が一個渡《わた》してくれた。

「ありがとう」

夏生《かお》はうなずいた。ぼくはそれ以上何と言っていいかわからず、繭に目をやった。

「これ……なんで緑なんだろう」

「天蚕糸《てんさんし》だから。野生の蚕なんだ。原種に近い」

知らなかった。ぼくは、手に載《の》っている三つの繭をじっと見つめた。この中に虫がいるなんて、不思議な気がした。

「盗《と》っちゃ駄目《だめ》だよ」

「盗らないよ」

ぼくは繭《まゆ》をそっと戻《もど》した。

「野生の蚕《かいこ》は集めるの大変なんだ」

「よく知ってるね」

「社会で習ったから。ほかのとこは知らないけど、この島じゃ蚕のこといっぱい習うんだよ。ガスとお蚕さまが二本柱だったからね。ガスが出る前は、蚕が一番」

夏生《かお》はそう言って、アイラのぬいぐるみを突き出《つだ》した。アイラの首に結んだリボンは、天蚕糸《てんさんし》のような薄《うす》い緑だった。

「きれいでしょ？〈幸島《さちのしま》シルク〉って、売り出されるはずだった。事故《じこ》の前にはね。全部、ダメになった……」

「………」

「でも、また作ろうって話があるんだよ。シルクのほうが、食べ物よりまだ売れるかもしれないじゃない?」

「うん。きっと、うまくいくよ」

ぼくの棒読《ぼうよ》みのような言い方に、夏生《かお》が笑った。

「あのさ」

「なに?」

「ぼくが、『殺《ころ》されるはずだった』っていうのは本当?」

「…………」

「アオも言った。週刊誌《しゅうかんし》に、運転手の証言《しょうげん》も載《の》ってた。誘拐《ゆうかい》して、殺す計画だった?」

ざわざわと森の木々が鳴った。

「……『違《ちが》う』って言っても信じないよね」

やっぱり、そうなのか。

「いい人だと、思ってた」

「誘拐犯《ゆうかいはん》が、いい人なわけないじゃん」

夏生《かお》は皮肉な笑いを浮《う》かべた。

「でも、楽しかった。信じてもらえないかもしれないけど、すごく楽しかったんだ」

「あたしも楽しかった」

夏生《かお》の言葉に、ぼくは一瞬喜《いっしゅんよろこ》びかけた。大人の事情《じじょう》とは関係なく、いっしょに遊んだぼくらは同じ仲間だと思いたかったのかもしれない。でも、同じわけがない。

「あんたの『楽しい』とは違うけど」

「えっ？」

「ハッピーアイランド。何年も楽しみにしてたんだ。この島に初めてできる遊園地。もう永遠《えいえん》に行けないと思ってたのに『行ける』っておじさんに言われて、海にも入れて、そりゃ楽しくて楽しくて、夢《ゆめ》が叶《かな》って、前の生活も戻《もど》ってきたと思った……」

「…………」

「全然そうじゃなかった。やっぱり、遊園地は夢のままで、海は戻ってこなかった」

ぼくは言葉を失った。そうだ。遊園地も、島の生活も、みんなお父さんの会社が奪《うば》ったんだ。夏生《かお》から、青生《あお》から。この島の人たちから――。

そのとき、たくさんの人の声が聞こえた。階段《かいだん》の下から次々と人が上ってくる。

「おー、ここだ。ここだ」

「よく、残ってたなあ」

お年寄《としよ》り二人、中年三人、若者《わかもの》二人、子ども三人、合計十人くらいの大家族だった。

沈黙《ちんもく》するぼくらの周りで、たくさんの人が言葉をかわしていた。

「嬉《うれ》しいなあ。やっとだね」

「遅《おそ》すぎる。だれももう戻ってきやしないよ。今さらだれが住むの」

「いや、帰りたいよ。今からでも」

「俺《おれ》は、ここに骨《ほね》を埋《う》めるんだ。ご先祖様《せんぞさま》の墓《はか》だってあるんだ」

口々に言う家族たちは、この島の生まれで、どうやら戻ってくるかどうかで意見が分かれているようだった。

その人たちが離《はな》れるのを待って、ぼくは夏生《かお》に言った。

「マルベリーズの動画、観《み》たよ。ネットで」

「うわっ！　ありえない。あんなダサいの」

「かっこよかったよ！」

ぼくは思わず大声で言い、夏生《かお》はとまどった顔でぼくを見て、「ありがと」と笑った。

「なんで、やめちゃったの？」

「もともと、あたしの人生にアイドルなんて予定なかったし」

と夏生《かお》は言った。両親が事故死《じこし》した後、ナガミこと菜々実《ななみ》に誘《さそ》われたダンスをやっていたら、その教室からユニットを組むことになったのだという。歌は苦手だったが、ダンスだけやってくれればいいというので引き受けたと。

「お年寄《としよ》りや小さな子は喜《よろこ》んでくれるし、楽しいこともあったけど……ちょっと疲《つか》れたんだよね。幸島《さちのしま》の子どもは、何かあったら『ガスの影響《えいきょう》か』って心配されるから、いつも明るく元気でいなきゃいけなくて。それにあたし、やらかしちゃって……」

「やらかす?」

夏生《かお》はうなずき、マルベリーズをやめた理由を語った。


十年前、夏生《かお》と青生《あお》は同級生たちとともに対岸の海角市《みづのし》に避難《ひなん》し、ばらばらに複数《ふくすう》の小学校に編入《へんにゅう》された。

海角《みづの》の子どもたちは、島の子たちに最初は親切にしてくれたという。おそらく大人にそうしろと言われていたこともあるし、あの酷《ひど》い事故《じこ》がたくさん報道《ほうどう》されてたから、単純《たんじゅん》に同情《どうじょう》し、「自分があぁなったら大変だ」と感じたのだろうと夏生《かお》は言った。

だが、だんだん悲惨《ひさん》な事故の記憶《きおく》は薄《うす》れてゆく。特に二万人近くの死者・行方不明者《ゆくえふめいしゃ》を出した東日本大震災《ひがしにほんだいしんさい》が起こってからは、直接《ちょくせつ》の死者が出なかった事故は相対的に小さく見られるようになった。

そして被災者《ひさいしゃ》に会社から見舞金《みまいきん》が支払《しはら》われると、さらに変わった。

島の子どもたちは「かわいそうな被災者」から「金をもらった奴《やつ》ら」に変わった。

周りの反応《はんのう》は避難した町や通っている学校によって違《ちが》った。比較的豊《ひかくてきゆた》かな市の中心部はそうでもなかったが、夏生《かお》と青生《あお》の入学した学校は、海角市《みづのし》の中で一番貧《まず》しく荒《あ》れた地区にあった。

お金というものは、露骨《ろこつ》に嫉妬《しっと》を呼《よ》ぶ。

「あいつら、俺《おれ》たちより貧乏《びんぼう》かと思ったら金持ってんじゃねえか」

最初はそんな嫉妬に気づかなかった、と夏生《かお》は言った。周りの友達がよかったのだ。だが中二の終わり、マルベリーズの活動が注目され出したころ、一つ下の学年が荒れていて、島の子どもたちが標的になった。

「リカの弟が『金持ってこい』って言われて十万とられたんだって」

そんな話を聞いて、「なにそれ?」と島の子たちが集まった。

そして、中二と中三の仲間たちが、島の子からお金をとったという一年生二人を呼んで公園で囲《かこ》んでいたところを見られ、「幸島《さちのしま》の子たちが下級生をいじめてる」という噂《うわさ》になったのだ。

「あたしたちの二つ上、そのときの高校生の一部が、これまた荒れてたの。それがシーホーンとつるんで、けっこうな勢力《せいりょく》になってたんだ」

と、夏生《かお》は言った。つまり幸島《さちのしま》の出身者は中高生の間で、すでに「危《あぶ》ない奴ら」という評判《ひょうばん》が出来上がっていたのだ。

「で、その高校生を笠《かさ》に着てイキッた中学の奴らが、『俺らのバックにはシーホーンがついてんだからな』って言い出したんだ」

「その高校生たちのきょうだい？」

「ううん。きょうだいでも知り合いでもなかった」

だが、囲《かこ》まれた一年生たち二人は信じて泣いた。たまたま通りかかった人から見たら、完全に一方的なつるし上げだった。

「あたしは、『やめろ』って止めるべきだった。でも、そのときは自分も怒《おこ》ってた。怒ってたって言うか、いろいろ溜《た》まってたんだと思う。あの日からずっとがまんして、がんばって……だから、あたしもやっちゃった」

「やっちゃった？」

「ブランコの杭《くい》を、思いっきり蹴《け》って。『ちゃんと金持ってこいよ！』って。それ通りかかった大人に見られた」

「…………」

「どう見ても、カツアゲしてる状態《じょうたい》だよね」

夏生《かお》は苦笑いし、大きなため息をついた。

「だから、マルベリもやめた。『メンバーにヤンキーがいる』なんて噂《うわさ》立ったら、評判《ひょうばん》悪くなるじゃない。マルベリは清く正しく『島を元気にする桑《くわ》っ子《こ》』なんだから」

「………」

友達も失いかけて、自分は懲《こ》りた、と夏生《かお》は言った。もう二度とこんなことするまいと。だが青生《あお》は違《ちが》った。その日を境《さかい》に、自分からシーホーンや危《あぶ》ない奴《やつ》らに近づいていった。そしていじめられた島の子たちは青生《あお》を頼《たよ》るようになった。

その行動はどんどん目立つようになった。三年になった青生《あお》はだれを相手にしても負けなかった。勝った、というにはボロボロなときもあったけど、幸島《さちのしま》の中学生や小学生は、「松本青生《まつもとあお》」の名を出せばいじめやカツアゲから免《まぬが》れられた。

「でもその分、アオは『ヤバい奴』だって噂が広まっていった」

ぼくは本やネットで知ったことや、悠太《ゆうた》から聞いた話を思い出した。

幸島《さちのしま》の子どもたちは、いきなり家も学校も変わって、新しい学校では、あの島から来た子だから「汚《よご》れてる」「病気がうつる」といじめられる子も多く、アザクラから出た見舞金《みまいきん》を脅《おど》し取《と》られた子もいた。青生《あお》はきっと、頼りになる希望の星だったのだ。

あの日、たくさんの家が壊《こわ》れ、人が壊れた。

お金は払《はら》った、と会社は言う。だからもう関係ないと。でも会社は形だけ謝《あやま》って、少しのお金を払っただけだった。島の人たちは全部なくして、さらにいつもっと怖《こわ》いことが起こるかと、不安を抱《かか》えながら生きてゆくのに。

だから魔法使《まほうつか》いは呪《のろ》いを解《と》かなかった。

「もう心配しなくていい」

という解放《かいほう》の呪文《じゅもん》を、十年くれなかったのだ。

ずっと、いばらの檻《おり》にぼくを閉《と》じこめていた。怒《いか》りと抗議《こうぎ》の檻に。


ふいに夏生《かお》は言った。

「あんたに、魔法《まほう》見せようか？」

「えっ？」

夏生《かお》はにやっと笑うと、長い指を空に向けてぱちんと鳴らした。

そのとたん、大きな花火があがった。周りの人々からうわっと歓声《かんせい》が上がる。一発、二発……

あのときと同じだと思った。魔法使いが指を鳴らす。夜空に花火があがる。この子は魔法使いの弟子《でし》だから、こんなことができるんだ──五歳《さい》のときなら、そう思ったかもしれない。でも、さすがに今はわかる。花火のあがる時間に合わせて、夏生《かお》は、指を鳴らしたんだ。

「君は、やっぱり……」

そのとき、遠くからボンッという何かが破裂《はれつ》するような音が聞こえた。花火ではない音だった。

「何あれ？」

だれかの声に、階段《かいだん》の下のほうを見ると、みなと広場のほうから煙《けむり》が上がっていた。

「爆発《ばくはつ》？」

「まさか……アオ？」

呟《つぶや》くぼくに、夏生《かお》が言った。

「えっ？　アオのこと、見たの？」

「見てないけど」と、ぼくは言った。さっき人混《ひとご》みの中で、「フラワーウォッシュ」という言葉を耳にしたと。夏生《かお》の顔色が変わった。

「行かなきゃ！」

夏生《かお》は走り出し、ぼくはその後を追った。

4 歌

会場に近づくにつれ、悲鳴や叫《さけ》び声《ごえ》が聞こえてきた。

うっすらと煙《けむり》が漂《ただよ》い、かすかに火薬の臭《にお》いがする。ぼくはテレビで見た戦争のようながれきだらけの状態《じょうたい》を想像《そうぞう》し心臓《しんぞう》がバクバクしたが、幸いそんな悲惨《ひさん》な状態にはなっていなかった。辺りを見回しても、爆発《ばくはつ》の被害《ひがい》はほとんどなく、みな音と煙に驚《おどろ》いてパニックになっていただけだった。

しかし、その音や煙の衝撃《しょうげき》が子どもたちや、あの爆発の経験者《けいけんしゃ》にはかなり大きかったのだろう。耳をおさえて座《すわ》り込《こ》む子や、泣き出している子もいた。

「みんな！　大丈夫《だいじょうぶ》？」

夏生《かお》が駆《か》け寄《よ》ると、マルベリーズのメンバーたちがうわっと集まってきた。

「カオちゃん、怖《こわ》かったよお！」

黄色いリボンをつけた一番小さなメンバーが、夏生《かお》にしがみついて大泣きした。

「こわい……こわい……！」

ぼくは文集を思い出した。この子は爆発のとき、三歳《さい》か四歳くらいか。記憶《きおく》が戻《もど》ったのかもしれない。

「大丈夫。もう大丈夫だよ、マグ」

夏生《かお》はその女の子を抱《だ》きしめて、くり返した。

「みなさん、落ち着いてください。落ち着いてください！」

という大きな声が響《ひび》いた。拡声機《かくせいき》を持った城田《しろた》さんだった。

「ただ今、社員が確認《かくにん》しましたところ、爆発物はありませんでした。あれは爆発ではなく、大量の花火を一気に引火させたいたずらで、爆発的現象《ばくはつてきげんしょう》だったということがわかりました」

「えっ？」「どういうこと？」と人々は顔を見合わせた。

「だから、ようするに爆発なんだろ？」

と言った男の人に、「いいえ、ちがいます」と城田《しろた》さんは断固《だんこ》として首をふった。

「爆薬や火炎瓶《かえんびん》のような、殺傷能力《さっしょうのうりょく》のある爆発物ではなかったということです。念のためフェリーのほうを社員が確認しています。しばらくここでお待ちください！」

ええっ、と人々から声が上がった。

「すぐ帰れないの？」

「フェリーも危《あぶ》ないの？」

といった質問《しつもん》が矢継《やつ》ぎ早《ばや》に飛んだ。

「大丈夫《だいじょうぶ》です。あくまで念のため、通常《つうじょう》の点検《てんけん》を念入りにしているだけです。ご安心ください」

城田《しろた》さんにそう言われても、暮《く》れてゆく空と、涼《すず》しくなってゆく海風が、さらに人々の疑心暗鬼《ぎしんあんき》をあおっていた。

「城田《しろた》さん。なにか手伝うことありますか？」

「透馬《とうま》君、まだ帰ってなかったのか？」

城田《しろた》さんは小声で、「最後のフェリーが出た後、会社の船に乗せてあげるよ。あそこのテントで待ってて」と、〈本部〉と書かれたテントを指さした。

そのとき、城田《しろた》さんに報告《ほうこく》しにきたガードマンが、夏生《かお》を指さして城田《しろた》さんに何か耳打ちした。それを聞いた城田《しろた》さんの顔色が変わった。

「どうしたの？」

城田《しろた》さんはぼくたちのほうに来ると、夏生《かお》の手をつかんだ。

「君、ちょっとこっちに来てくれるかい」

「なんですか？」

夏生《かお》は城田《しろた》さんの手を振《ふ》り払《はら》った。当たり前だ。ぼくも二人の間に入って、「どういうことですか？」と城田《しろた》さんに聞いた。城田《しろた》さんがちらっとガードマンのほうを見ると、ガードマンはうなずいた。

「その子、確《たし》かにさっき見ました」

何言ってるんだ？

「さっき、爆発音《ばくはつおん》があった現場《げんば》から逃《に》げただろ？　えっ？」

夏生《かお》に近づくガードマンの前に立ち、ぼくは言い返した。

「そんなはずない。この子はずっと、ぼくといっしょにいたんだ！」

今度は城田《しろた》さんがガードマンに耳打ちした。ガードマンは驚《おどろ》いたように城田《しろた》さんを見たが、

「で、でも、その顔に似《に》てたんで……」と、しどろもどろに言った。すると夏生《かお》はガードマンに詰め寄《よ》って聞いた。

「本当ですか？」

「ああ。似てる……いや、もちろん、社長の息子《むすこ》さんの友達なんてはずないけど……」

ぼくは、はっとした。

「似た顔って……」

夏生《かお》は、ぼくらに背《せ》を向けて歩き出した。マルベリーズのほうに行くと、いくぶん落ち着いたメンバーたちに、「この人たちといっしょにいれば大丈夫だからね」と言った。

メンバーの子たちは泣きやんでいたが、別の方向からもっと小さな子どもの泣き声が聞こえてきた。

「おうち帰るー！」

「船のれないの？」

あちこちから泣き声やぐずった声が上がった。当たり前だ。ちょっと前まで楽しい時間だったのに、いきなり爆音《ばくおん》で断《た》ち切《き》られ、恐怖《きょうふ》と不安のどん底に突《つ》き落《お》とされたのだ。小さな子を抱《だ》いたお母さんが城田《しろた》さんに詰《つ》め寄《よ》る。

「まだ船出ないんですか？　ずっと待ってるんですよ」

「電車の時間があるのに。これじゃ、家に帰るの真夜中ですよ！」

お母さんの悲痛《ひつう》な叫《さけ》びに、「うちもだ」「どうしてくれるんだ」という声が続いた。大人たちの怒号《どごう》に、さらに子どもたちが泣き出す。平謝《ひらあやま》りしている城田《しろた》さんのところに、やっと「フェリーのチェック終わりました。一隻《せき》出せます」という知らせが来たが、ざっと見渡《みわた》しても二百人以上はいるので、一隻に全部乗るのは無理だった。そして、二隻目のチェックが終わるまでは、まだ二十分ほどかかるという。

「二十分？」

楽しい時間はあっという間だが、こんな状態《じょうたい》では何時間にも思える。そのとき、マルベリーズのリーダーで赤いリボンをつけたナガミが立ち上がった。

「みんな、歌おう」

「えっ?」

いきなり何言ってるのという顔のメンバーたちに、「子どもたちの好きなの歌おうよ。オリジナルがないとき、さんざんやったじゃん」と、ナガミは言った。

「んーと……じゃ、『ひょっこりひょうたん島《じま》』とか?」

緑のリボンをつけたカラの言葉に「いいね」とナガミはうなずき、夏生《かお》に声をかけた。

「クロミも、覚えてるよね?」

「えっ、あたしも?」

「そうだよ」「クロミちゃんも歌おう」と、ピンクリボンのテンとマグが立ち上がった。

「む、無理だよ。もう二年も前だし……」

「体が覚えてるよ。どんだけ練習したと思ってんの?」

ナガミが自分のリボンをはずし、夏生《かお》の手首に結んだ。

「クロミならやれるよ」

他の三人がうなずいた。

四人に導《みちび》かれ、夏生《かお》とクロミはステージに上がった。ぼくが大きく拍手《はくしゅ》をすると、周りの何人かがステージのほうを見た。そしてナガミがステージに置いたスマホから前奏《ぜんそう》が聞こえ、五人は星のように背中合《せなかあ》わせのフォーメーションで中央に立った。

「みんな行くよ。1、2、3!」

『ひょうたん島《じま》』のメロディーに、子どもや子どもを抱《だ》いたお母さんたちがステージに目をやった。「ほら、お姉さんたち歌ってるよ」と言いながら、手拍子《てびょうし》をする人もいた。マルベリーズたちは歌い、踊《おど》りながら、小さな子たちに手をふり笑いかける。

そして歌い終わると、大きな拍手《はくしゅ》が起こった。

「じゃあ、次はえーと……」

とナガミが言うと、「パプリカ!」という声が飛んだ。

「じゃあ、『パプリカ』いきます!」

ナガミは再《ふたた》びスマホで音楽をかけようとしたが、「あれ前奏《ぜんそう》ないような歌だし、いいよ」と夏生《かお》が言い、観客に呼《よ》びかけた。

「みんなで歌ってー。1、2、3!」

今度はいっしょに踊り出す子もいた。「懐《なつ》かしい」「これ運動会でやった」という声も聞こえた。そしてパプリカが終わり、「リクエストありますかー?」と言うナガミに、「アンパンマン!」「マルモリ!」という声が飛び、マルベリーズは歌って踊って四曲のミニライブを終えた。

それとほぼ同時に、

「みなさん。フェリーのチェック終わりました!」

と城田《しろた》さんが告《つ》げ、ほっとした空気が広がった。子どもたちの中には、「もっとお歌きく〜」と言う子もいて、笑い声さえ起こった。

「マルベリーズ、がんばってね」

「応援《おうえん》するよ」

と言う人たちに手をふり「ライブ来てくださ〜い」と言うマルベリーズに、城田《しろた》さんが「ありがとう。君たちはウチの船に乗せるよ」と言った。

「本当ですか?」とぼくが聞くと、「五人くらいなら平気だ」と城田《しろた》さんはうなずいた。だが、夏生《かお》のほうを見ると、すでにメンバーから離《はな》れ、「カオちゃん、どこ行くの?」と聞くマグに、

「あたし、ちょっと残る。大丈夫《だいじょうぶ》だから」

と言うなり走り出していた。

「待《ま》てよ、どこ行くんだ?」

ぼくは追いかけながら聞いた。さすがに四曲歌って踊ったせいか、夏生《かお》は息を切らせ立ち止まった。

「……アオを捕《つか》まえて、自首させなきゃ」

「えっ?」

「まだ間に合う。まだ止められる……ううん。あたしが止める!」

あせまみれの必死な顔に、さっきまでのにこやかなアイドルの笑顔《えがお》はなかった。

「……じゃあぼくも、いっしょに行く」

「はあ？　なんで？　あんたは……殺《ころ》されてたかもしれないんだよ？」

「でも、君が助けてくれた」

「………」

「だから助けたい。助けにならなくても、手伝いたい」

「馬鹿だね……」

夏生《かお》はうつむいて言った。「勝手にすれば？」

「勝手にするよ。で、アオの行きそうなところは？」

「まずは、あたしたちの家だったところ」

ぼくらは走りだした。

フェリー乗り場を見下ろす高台の上から、ぼくらは夜の海をゆくフェリーの灯《ひ》を見下ろしていた。遠ざかるフェリーの向こうには、街の灯が見える。

もう家も学校も公園も、「アオが行きそう」と夏生《かお》が言った場所はすべて探《さが》した。

それらを見て回ることは、地獄巡《じごくめぐ》りのようだった。

人が住まないと、建物は十年でここまで荒《あ》れるのかと思った。屋根は落ち、カビが生えた壁《かべ》は崩《くず》れ、家の中は腐《くさ》った畳《たたみ》や床板《ゆかいた》の間から草が生え、何かわからない動物のふんや死体が転がっていた。何度もテレビやネットで観《み》ていたけれど、カビや腐ったものの臭《にお》いがするほこりにむせながら見るものは違《ちが》った。

ここに人が暮《く》らしていたということ、そして今自分が暮らしている家だってこうなるかもしれないということを、五感に突《つ》き付《つ》けてきた。

この、ほんの四、五十分ほどの間に、ぼくはいろんなことを考えた。

日常《にちじょう》の安全な時間が、急に断《た》ち切《き》られる怖《こわ》さ。災害《さいがい》そのものよりも、うろたえパニックになる大人たちを見て、より怯《おび》える子どもたち。なんとかしようとする人、だれかを責《せ》めずにはいられない人、自分だって不安なのに、自分より小さな子を元気づけようとする人……それはまるで、十年前に起きた事故《じこ》の小規模《しょうきぼ》な再現《さいげん》だった。

本で読んだ〈災害ユートピア〉という言葉を、ぼくは思い出した。酷《ひど》い災害の中で、一時的に立場を忘《わす》れ、とにかく目の前の困難《こんなん》の前に人々は助け合うという、ぼくはその瞬間《しゅんかん》をあのステージに見た。

でも〈災害ユートピア〉は、消えてゆくのだ。皮肉にも、外からの救援物資《きゅうえんぶっし》が届《とど》き、補償《ほしょう》が始まると、「同じように酷い目にあったのに、なんであいつのほうが金をもらっているんだ」「俺《おれ》のほうが大変なのに」と――。

ぼくはスマホの光に照らされる夏生《かお》の横顔を見つめた。

「やっぱり、いくらライン送っても既読《きどく》スルーだ」

スマホから顔を上げ、ため息をつく夏生《かお》にぼくは言った。

「こんなことしたって、意味ないのにね」

「そうだね。でも、あたしだって、ちょっとは腹立《はらた》ってるけどね。『なにがフラワーフェスだよ』って。『フラワーウォッシュじゃん』て」

「…………」

「アオだって、わかってるんだよ。本当に復興《ふっこう》の邪魔《じゃま》をしたいわけじゃない。島の人たちの努力を無駄《むだ》にしたいわけじゃない。ただ言わないと、声を上げないと、『あいつら満足してるんだ』って都合よく思われちゃうんだよ」

都合よく思うのはだれか。そう思ったほうが都合のいい人々だ。

「アオは、おじさんに心酔《しんすい》してるんだ」

「しんすい？」

夏生《かお》はうなずいた。

「すごく好き。あたしも大好きだけど、あいつの好きはちょっと違《ちが》う。もっとヤバいんだ。おじさんになりたがってるような感じ。だから、あんなことするんだ」

青生《あお》のタトゥーの英文は、松本幸生《まつもとゆきお》の好きな『ヤングガン2』という映画《えいが》の主題歌の歌詞《かし》で、

「神よ　俺《おれ》は決して先に（銃《じゅう》を）抜《ぬ》かなかった」という意味だと夏生《かお》は言った。

「あの歌詞のLORDっていうのは、自分の主《あるじ》で神、ユキオおじさんのことだよ」

ぼくのスマホが何度か鳴った。すべて城田《しろた》さんからだった。たぶん、最後のフェリーが出て、もうすぐ会社の船も出るという知らせだろう。

ぼくは今日、帰れなくてもかまわなかった。夏生《かお》が片割《かたわ》れを探《さが》すというなら、とことん付き合うつもりだった。

「どこにもいないとなると、やっぱりあそこかな」

夏生《かお》が呟《つぶや》いた。


白い塗装《とそう》がすっかり剝《は》がれ、錆《さ》びて名前も見えなくなった門の前で、ぼくらは立っていた。

「十年ぶりだよね」

そうだ。

あの日ぼくらはここで遊んだ。

そして、あの日以来だれも、この遊園地で遊んだ子どもはいない。

風で門がゆれた。開かないよう巻《ま》き付けられていた針金《はりがね》が、錆《さ》びて落ちたのだ。ぼくはそう思ったが、「だれかが開けたんだ」と、夏生《かお》が言った。

「見て。針金の中は、まだ錆びてない」

赤錆の中に、銀色の芯《しん》が見える。その切断面《せつだんめん》は鋭利《えいり》だった。だれかが、わざわざ工具を用意してきて捩《ね》じ切《き》ったのだろう。ぼくらは確信《かくしん》した。

「行こう」

夏生《かお》が、ぐいっと門を押《お》した。ぽとり、と針金が枯《か》れ葉《は》の上に落ちた。

十年ぶりにこの遊園地に、人が入ってゆく。青生《あお》が一番で、夏生《かお》が二番、そしてぼくが三番目だ。

濃《こ》い青インクを落としたような空に、アトラクションの残骸《ざんがい》が影絵《かげえ》のように浮《う》かび上《あ》がっていた。回転ブランコ、メリーゴーラウンド、そして傾《かたむ》いた観覧車《かんらんしゃ》と展望台《てんぼうだい》――。

思っていたよりも雑草《ざっそう》が少ないのは、地面が土ではなくアスファルトやタイルだからだ。アスファルトの上には、ひょうたん形の、この島の絵が描《えが》いてある。すっかり色あせ、部分によっては割《わ》れて、剝《は》がれているけれど、それは花が咲《さ》き鳥が飛び、観覧車に虹《にじ》がかかる〈幸せの島〉の絵だった。

遊具の他にも、地図や矢印が描かれた案内板や、野外レストランの錆《さ》びついたベンチ、電話ボックスといったものすべてが使われないまま、雨と日差しにさらされ、海風に錆びつき、朽《く》ちかけていた。アスファルトに描かれたときは色鮮《いろあざ》やかだったろう絵や待ち合わせ広場の壁画《へきが》は、火山灰《かざんばい》に埋《う》もれたポンペイを思い出させた。

そうだ。この遊園地には、見えない灰《はい》のようにガスが降《ふ》ったのだ。

「アオー！」

だれも答えない遊園地の中を、その名を呼《よ》びながらぼくらは一回りした。

夕暮《ゆうぐ》れの色に染《そ》まっていた遊園地は、対岸の海角市街《みづのしがい》の山に夕日がさしかかると、たちまち薄《うす》暗《ぐら》くなっていった。

そして会社の船が出る六時間際《じまぎわ》になると、すっかり夕闇《ゆうやみ》の中だった。

夏生《かお》はスマホを懐中電灯《かいちゅうでんとう》代《が》わりに、あたりを照らした。

「アオ！　どこー？」

夏生《かお》はすうっと息を吸《す》い込《こ》んで思い切り叫《さけ》んだ。

「アオー！」

答えはなかった。もしかして、もう島にはいないのかもしれない。大きなため息とともに、夏《か》生《お》は言った。「あんた、帰っていいよ。もういい、あんな奴《やつ》！」

「待った」

ぼくは展望台《てんぼうだい》の天辺《てっぺん》の窓《まど》を指さした。

「あそこ、今、何か動いた」

「ほんと?」

「うん。鳥とか、動物かもしれないけど」

「行ってみればわかる」

展望台の入り口のドアには鍵《かぎ》がかかっていたが、ドアそのものが壊《こわ》れていて、鍵が付いたまま開けることができた。中は真っ暗だったが、スマホのライトで照らすと、ほこりがつもった階段《かいだん》の上に、はっきりと新しい足あとがついていた。

ぼくらは顔を見合わせ、螺旋階段《らせんかいだん》を上った。階段は夢《ゆめ》で見たような貝が混《ま》じったセメントではなく、錆《さ》びた鉄だった。

そしてぼくらは、天辺の展望室の床《ゆか》に転がっている黒のリュックを見つけた。

「アオのだ……やっぱり、ここにいるんだ」

夏生《かお》が呟《つぶや》いた。展望台は、直径五メートルくらいの広さで、その真ん中に海を照らす機械・灯《とう》器《き》があるドーナツ形だった。一方から行けば、反対方向に逃《に》げられる。

「あたしはこっちから行く。あんたは、そっち。いい?」

「うん」

ぼくらは左右に分かれ、展望台の中をそれぞれのスマホで照らしながら歩き始めた。

「アオ！　どこ？」

夏生《かお》が呼《よ》ぶ。ぼくも「おーい……」と呼びかけたところで、目の前に夏生《かお》が立っていた。狭《せま》い展望台にしてもずいぶん早い、と思ったところで気づいた。

「なんで、おまえがここにいる？」

青生《あお》だった。髪《かみ》を黒く染《そ》めているので間違《まちが》えたのだ。

「なんでって……」

そんなこと説明する義理《ぎり》はないのに、なぜかそう言った。

「ここは、おまえが来るとこじゃない。俺《おれ》らの場所なんだよ！」

そう言うなり、青生《あお》は持っていた工具のようなものを振《ふ》り上《あ》げた。

「アオ！」

夏生《かお》の悲鳴のような叫《さけ》び声《ごえ》を聞きながら、ぼくは左腕《ひだりうで》と頭の激《はげ》しい痛《いた》みに、ほこりだらけの床に崩《くず》れ落《お》ちていた。

5 ノート（罪《つみ》と罰《ばつ》）

じんじんする左腕《ひだりうで》を右手で押《お》さえながら目を開けると、夏生《かお》の背中《せなか》が目の前にあった。床《ゆか》に倒《たお》れたぼくをかばい、ぴったりと張《は》り付《つ》くように横座《よこずわ》りしていた。

「カ……オ？」

「動かないで」

振《ふ》り向《む》いて夏生《かお》が言った。「頭、殴《なぐ》られたんだから」

「なんだ生きてんのか？」

青生《あお》の声が聞こえた。夏生《かお》の陰《かげ》になって顔は見えなかったが、笑っているのがわかった。とっさに頭をかばっていなかったら、本当に死んでいたかもしれない。切ったのか血が流れている額《ひたい》よりも、左手首がしびれたように痛《いた》かった。

「お坊《ぼっ》ちゃんのくせに、しぶといな」

「あんた、自分がなにやったかわかってんの？」

夏生《かお》が言い返した。夏生《かお》の顔も見えなかったが、その声は怒《いか》りにふるえている。

「わかってるよ。そいつは、俺《おれ》たちが十年前に遊んだ奴《やつ》だろ？　ユキオさんが殺《ころ》し損《そこ》ねた社長の息子《むすこ》だろ？　だから俺が……」

「今は違《ちが》うんだって！」

「えっ？」

「この人、親が離婚《りこん》したから、もう社長の子でもなんでもないんだよ」

「そうなのか？」

「そうだよ。今はもう、お坊ちゃんでもお金持ちでもない。それにお母さんが心の病気で苦労してるんだよ！」

えっ？　なんで、そんなことまで知ってるんだ？

そう思っていると、青生《あお》が「ふ～ん」と不思議そうに言った。

「カオ。なんでおまえ、そんなこと知ってんだ？　そいつとこっそり会ってたのか？」

「会ってないよ。今日だって偶然《ぐうぜん》なんだから」

それも、ちょっと違う、と思ったけれど言わなかった。とにかく手が痛い。

「あんた、この人殺したら殺人罪《さつじんざい》だよ？　放火だけだってヤバいのに、もう戻《もど》ってこれないよ」

「そうだな」

足音が近づいた。夏生《かお》の体の向こうから、青生《あお》がゴミを見るような目でぼくを見下ろしていた。

「こいつのせいで、殺人罪になるなんてヤバいよな」

「だから……」と言いかけた夏生《かお》の手を握《にぎ》り、ぐいっと引《ひ》っ張《ぱ》り立《た》たせた。

「じゃあ、さっさと、こいつ置いて行こうぜ」

「……なに言ってんの？　置いてったら死んじゃうよ。こんなに血が出てるのに！」

「そうだよ」青生《あお》が笑った。

「ほんとなら十年前に死ぬはずだったんだ」

青生《あお》が、ぞっとする目で言った。顔が夏生《かお》と同じ分、質《たち》が悪かった。

「おじさんが、そんなことするわけないじゃない！」

「じゃあ、証拠《しょうこ》見せてやるよ」

青生《あお》は夏生《かお》の手を離《はな》し、上着の内ポケットから、手帳のように小さな一冊《さつ》のノートを取り出した。

「これ、覚えてるか？」

「ユキオおじさんのノート……？」

「そうだよ。俺《おれ》のバイブルだ」

「な……に？」

ぼくは夏生《かお》に聞いたつもりだったが、青生《あお》が答えた。

「計画ノートだよ。十年前に、おまえを誘拐《ゆうかい》するために立てられた計画のな。見るか？」

青生《あお》はぼくのそばにしゃがみこむと、そのノートを開いて突《つ》き付《つ》けた。

一目でわかった。びっしりと書かれた文字の美しさ――ぜったいに頭のいい人が書いたノートだ。「東京駅」「花火」といった文字が見えた。何度も消した跡《あと》……そして青生《あお》は立ち上がって言った。

「読めたか？　こう書いてあるんだ。子ども、放置、画像《がぞう》、送る――今だったら画像じゃなくて動画だろうな。おまえがこの島で、一番汚染《おせん》のひどかった遊園地に一人でいる画像を送るつもりだったんだよ」

「！」

吐《は》き気《け》がした。頭を殴《なぐ》られたせいだけじゃない。その発想にだった。

もしかしたら殺《ころ》した遺体《いたい》の写真を送るよりも残酷《ざんこく》かもしれない。汚染されたといわれる場所に、子どもをたった一人残してゆく。おそらく食料も水も残さず。簡単《かんたん》には助けにいけない場所で、どんどん弱ってゆく子ども、助けても病気になる可能性《かのうせい》があると思わせながら――。

悪魔《あくま》だ。

松本幸生《まつもとゆきお》はやっぱり、優《やさ》しい魔法使《まほうつか》いじゃない。悪魔だった。

そのとき、ぼくのスマホが鳴った。「城田《しろた》」と名前が出たスマホを蹴《け》りかけた青生《あお》に、夏生《かお》が

横からタックルした。青生《あお》は夏生《かお》といっしょに尻《しり》もちをつき、

「なにすんだよ！」

と怒鳴《どな》った。「邪魔《じゃま》すんじゃねえ！」

そう叫《さけ》び、自分を引きはがそうとする青生《あお》にしがみつきながら、夏生《かお》は音が鳴り続けるスマホを、ぼくのほうに足で蹴《け》った。

「出て！」

ぼくは手を伸《の》ばし、スマホをフリックした。

――透馬《とうま》君？　もうフェリーが出るぞ。今どこだ？

「展望台《てんぼうだい》です！　ハッピーアイランドの！　来てください！」

ぼくが叫んだ直後、夏生《かお》を振《ふ》り払《はら》った青生《あお》がスマホをつかみ取り、床《ゆか》に叩《たた》きつけた。

「こいつ……！」

青生《あお》はぼくを睨《にら》みつけ、工具を振り上げた。一発くるなと思ったが、夏生《かお》がぼくの前に立《た》ち塞《ふさ》がった。

「よく見てよ」

夏生《かお》は青生《あお》にノートを突《つ》き出《だ》し、指さしながら言った。

「あんたが言った、子どもを放置するって計画は、ペンで消してあるじゃない」

「…………」

青生《あお》は黙《だま》っていた。反論《はんろん》しないということは、おそらく知っていたのだ。

「だから本気じゃない。おじさんが、そんなことするわけない！」

「それはどうかな？」

青生《あお》は夏生《かお》からノートを取り上げた。そしてパラパラとめくって言った。

「このノート、俺《おれ》はおまえより読んでるんだよ。だれより読《よ》み込《こ》んでるんだよ！」

「だから、なに？」

「よく見ると、消してから実行されたことだってあるんだ。迷《まよ》ってるんだ。殺《ころ》すか、放置するか、帰すか——けっこうギリギリまで迷ってるんだよな」

「でも、やめた」

夏生《かお》はきっぱりと言った。

そうだ。それが事実だ。ぼくは家に帰された。

「それは予定外だ。おまえがいたからだよ。そいつが遊《あそ》び惚《ほう》けて眠《ねむ》ったとき、カンのいいおまえはなんか察したんだろな。ユキオさんに言ったんだ。『その子、おうちに帰してあげてね』って。覚えてるか？」

ぼくは覚えていない。というか、そんなこと知らない。ぼくは夏生《かお》を見た。夏生《かお》もぼくを見た。

「なんとなく覚えてる……おじさんが、いつもと同じじゃないような気がしたから。おじさんがこの子を見る目が、優《やさ》しいのに、なんだか変だった」

夏生《かお》はぼくから目をそらし、うつむいて目を閉《と》じた。おそらく、その閉じた目で、あの日の魔《ま》法使《ほうつか》いのことを見ているのだと思った。暗闇《くらやみ》の中で、古いフィルムを巻《ま》き戻《もど》すように、あの日の記憶《きおく》がよみがえっている。優しいはずの伯父《おじ》の、優しくない目。

「ユキオさんは、おまえに言われるまで、やる気だったんだよ。あの人はさ、ほんとにやめたことは書いたページごと破《やぶ》ってるんだ。俺《おれ》、引き出しの中から見つけた。破いた部分も。アザクラの会社に爆発物《ばくはつぶつ》を仕掛《しか》けたり、ガスをばらまいたりって計画まであった」

無差別テロまで計画してたのか、そこまで憎《にく》んでたのか、憎まれてたのか……。

「でも、しなかった！」夏生《かお》が言い切った。

「あの人が、あたしたちを巻《ま》き込《こ》むことも迷《まよ》ってたおじさんが、そんなことするわけない！」

「このノートに残ってるってことは、まだ可能性《かのうせい》があったんだよ。だから俺が代わりにやる。あの人の代わりに、あの人のやりたかったことをな！」

青生《あお》が、手にした工具で灯器《とうき》を叩《たた》いた。グワンと展望台中《てんぼうだいじゅう》がふるえるような音がした。ああ、そうだ。この工具の名前、思い出した。ボルトカッター、太い針金を切る道具だ。

「あんた……狂《くる》ってる」

夏生《かお》は青生《あお》をにらみつけながら、ぼくの手を握《にぎ》りしめた。その手がふるえていた。

「どうしたんだよカオ?」

ボルトカッターを手にした青生《あお》が、じりじりと夏生《かお》に近寄《ちかよ》ってきた。

「おまえだって同じこと言ってたじゃないか。『おじさんのしたいことさせてあげたいね』って。そうだろ? 二人で、親代わりに育ててもらった恩《おん》を返そうぜ」

「やめてよ……おじさんはもう、そこに書いてあるようなこと、やりたいと思ってないよ。あんたが勝手に言ってるだけ。あんたが、こうであってほしいって思ってるだけだよ!」

「俺は、あの人からこれを託《たく》されたんだよ。『おまえにやる』って」

「『いらないからやる』って言っただけでしょ。なに託されたなんて言ってんの? バッカじゃない?」

「病気だからできなかったんだよ!」

「やったことだって後悔《こうかい》してる!」

「こいつのオフクロがおかしくなったからか?」

「な……!」

ぼくはふらふらと起き上がった。許《ゆる》せなかった。いくらガスの被害者《ひがいしゃ》だろうが、言っていいことと悪いことがある。だが、立ち上がったとたんめまいがして座《すわ》り込《こ》んだ。

「く……っ！」

そのとき、夏生《かお》が青生《あお》を殴《なぐ》った。思い切り顔に入った拳《こぶし》に、青生《あお》はよろめき、驚《おど》いた顔で夏生《かお》を見た。

「カオ……？」

「謝《あやま》れ」

夏生《かお》はふるえる声で青生《あお》に言った。

「この子に、謝れ！」

殴《なぐ》られた顔をさすりながら、青生《あお》は言った。

「わかったよ。おまえが言うなら殺《ころ》さない。その代わりに身代金《みのしろきん》とろうぜ。あのときもそうするべきだったんだ。金くらいとればよかったんだよ！」

「あんた……ほんとに犯罪者《はんざいしゃ》になっちゃうよ」

「俺《おれ》たちはもう、ずっと前から犯罪者だろ。六つのときから前科者だろ？」

「！」

カオの顔がゆがんだ。

「ちがう……」

ぼくは言った。

「おまえは黙《だま》ってろ!」

「君たちは悪く……ない。なにも知らなかったんだから」

ぼくは青生《あお》に反論《はんろん》されると思った。しかし、

「あのときはね」

と、言ったのは夏生《かお》だった。

「知らなかったよ。でも、後から知っても警察《けいさつ》には行かなかった。自分で秘密《ひみつ》にすることを選んだんだ」

「『選んだ』って……子どもじゃないか」

「そうだよ。でも、あたしは自分の罪《つみ》から逃《に》げない。あの事故《じこ》を起こした大人みたいに、人のせいにして逃げない!」

「おまえ……」

青生《あお》の手から、ボルトカッターが落ちた。

「おまえは悪くない」

ぼくは、はっとした。螺旋階段《らせんかいだん》を上る足音が近づいてくる。悪い奴《やつ》を捕《つか》まえるために。

「もう逃げられないよ。アオ」

夏生《かお》が青生《あお》の手を握《にぎ》った。

「ねえ、いっしょに怒《おこ》られよう。いっしょに謝ってあげるから。あのころみたいに」

その手を見て、青生《あお》は笑った。

「おまえは悪くなかった。悪いのは、『島ザル』とか『銭《ぜに》ゲバ』とか言ってきた奴《やつ》らだ」

「でも、やり返した。あたしも」

「先にやられたからだ」

ああ、二人が額《ひたい》をつきあわせてぼくの知らない話をしている。当たり前だ。何年もずっと、二人だけの時間があったのだ。

「おまえの言うとおりにしたいけど……」

「うん。だから……」

と言いかけた夏生《かお》の手を、青生《あお》は振《ふ》り払《はら》った。

「やっぱり、島をこんなにした奴らを許《ゆる》せねんだよ！」

青生《あお》はぼくを睨《にら》みつけていた。でもぼくはもう、彼《かれ》を怖《こわ》いとは思わなかった。彼の一番弱いところ、彼の一番大切なものを知ってしまったからだ。

「アオ……もう、いいよ」

夏生《かお》が言った。

「よくねえよ」

「じゃあ、どうしたいの？」

そのとき、階段《かいだん》から懐中電灯《かいちゅうでんとう》の光が差《さ》し込《こ》んだ。

「透馬《とうま》君、そこか？」

「城田《しろた》さん！」

「どうしたんだ、その血？」

「あたしです！」

夏生《かお》が城田《しろた》さんに言った。「あたしがやりました。あたしが犯人《はんにん》です」

「ちがう！」

ぼくも言った。

「これは……ここで、転んで頭を打って」

夏生《かお》と青生《あお》が「なんで？」というように、ぼくを見ている。ぼく自身も、夏生《かお》ならともかく、なぜ青生《あお》をかばっているのか、よくわからなかった。

「ああ、もうやめろよ！」青生《あお》がぼくを遮《さえぎ》り、夏生《かお》に言った。

「なんなんだ、おまえら。敵同士《てきどうし》のくせに、イチャつきやがって」

「はあ？　イチャついてないし」

夏生《かお》が怒《おこ》って言い返し、ぼくも反論《はんろん》した。「敵じゃない」

「とにかく、フェリーで傷《きず》の手当てをしながら、状況《じょうきょう》を説明してくれないか」

と言う城田《しろた》さんに、青生《あお》はぼくを指さして言った。

「こいつを殴《なぐ》ったのは俺《おれ》だよ。さっきも、十年前も、殺《ころ》そうとしたのは俺だ」

「十年前？　どういうことだ？」

いつも冷静な城田《しろた》さんが混乱《こんらん》している。無理もない。

「フェリーで説明します。城田《しろた》さん、行きましょう。君たちも……」

ぼくは夏生《かお》と青生《あお》に言った。夏生《かお》がうなずき、「行こう、アオ」と青生《あお》の手を握《にぎ》った。

「いっしょに行こう」

そのとき、階段《かいだん》の下からどやどやと駆《か》け上《あ》がってくる複数《ふくすう》の足音がした。

「警察《けいさつ》？」

青生《あお》が、ぱっと夏生《かお》の手を離《はな》した。

「やっぱり自首して罪《つみ》を軽くしようなんてハンパなこと考えんじゃなかったな」

上がってきた数人の警察官が、青生《あお》とその足元に転がるボルトカッターを見て互《たが》いに目くばせした。青生《あお》は観念したようにぼくに向かって言った。

「こいつのこと恨《うら》むなよ」

「えっ?」

「悪いのは全部、俺だから」

と言うなり、夏生《かお》をぼくのほうに突《つ》き飛《と》ばし、青生《あお》は窓《まど》から夜空に飛んだ。

「アオ!」

耳元で抱《だ》きしめた夏生《かお》の叫《さけ》び声《ごえ》がし、大きな水音がした。

「海!?」

ぼくはてっきり、下はすべて陸地だと思っていた。入り口の反対側が海だったなんて。でも、助かったのか?

「アオ? アオ?」

夏生《かお》が身を乗り出して確《たし》かめようとするのを、ぼくは夢中《むちゅう》で止めた。振《ふ》り切《き》られそうになったが、城田《しろた》さんが後ろからがっしりと引《ひ》き留《と》めてくれた。城田《しろた》さんは、ぼくらを投げ飛ばすように床《ゆか》に転がし叫んだ。

「人が落ちたぞ。下に回れ! 海側だ!」

いっしょに来た社員たちが、ぼくらを残し下に駆《か》け降《お》りていった。

「アオー!」

何度叫んでも返事はなかった。夏生《かお》は床に座《すわ》り込《こ》んだまま動かなかった。

「大丈夫《だいじょうぶ》だよ。死んでないよ。死なないよ」

ぼくは言った。そうだ、あんなに凶暴《きょうぼう》で図々《ずうずう》しい野良犬《のらいぬ》みたいな奴《やつ》が、簡単《かんたん》に死ぬはずがない。こんなに簡単に終わるはずがない。

翌日《よくじつ》、警察《けいさつ》と地元の消防団《しょうぼうだん》が島内と海岸を捜索《そうさく》したが、青生《あお》は発見されなかった。

6 別れ

青生《あお》は消えた。

数日間、警察と消防団だけでなく、近隣《きんりん》の漁師《りょうし》が船を出して探《さが》したが、見つからなかった。

あんな高いところから落ちて、無傷《むきず》でいられるはずがない。そして対岸の海角市街《みづのしがい》まで、夜の海を二キロも泳げたとは考えられない。だが、どこにも遺体《いたい》は打ち上げられず、十六、七歳《さい》の少年を助けたという人も現《あらわ》れなかった。

青生《あお》は消えてしまったのだ。


「これは社長からの見舞金《みまいきん》だよ」

「見舞金?」

ただの打撲《だぼく》で、骨《ほね》が折れたわけでもないのに。城田《しろた》さんはお父さんが銀行に振《ふ》り込《こ》んだ金額《きんがく》の明細を見せた。五百万円という金額を口に出しそうになりやめた。

「すごい……私立《しりつ》行って、大学行ける」

城田《しろた》さんは、ちょっと驚《おどろ》いたように、「行けないと思ってたのかい? 社長は出してくれるよ。君が望めば」と言った。

「『望めば』って、つまりぼくから頼《たの》めばですよね？」

「そうだよ？」

それの何が不満なんだ、と言うように城田《しろた》さんはぼくを見た。ぼくは、今お父さんと暮《く》らしている妹や弟たちは、そんなこと頼まなくてもいいんだよなと思った。

「別に。行きたいのは、公立ですから」

お見舞《みま》いはありがたく受け取っておくことにした。

ぼくは家に帰って、貯金通帳《ちょきんつうちょう》を見た。もともとお母さんが貯金しておいたお金と、お祖母《ばあ》ちゃんが持たせてくれたお金に、まだ記帳されていないけれど今度お父さんが振《ふ》り込《こ》んだというお金を合わせたら一千万円近くになる。母子家庭だけど、ヤングケアラーだけど、いや、だからこそ助かる。来年の夏は、これでお母さんにエアコンを、もう一つ買ってもらおう。いっそ高校の近くに、今よりいいアパートに引《ひ》っ越《こ》してもらってもいいな。お母さんが仕事をやめても……と、ぼくは妄想《もうそう》した。

口座《こうざ》のお金が倍近くに増《ふ》えたことは、想像《そうぞう》以上の安心感をぼくにくれた。うきうきした、なんだかなんでもできるような気になった。

でも、お金はいつか尽《つ》きる。

ぼくは幸島《さちのしま》から避難《ひなん》して途方《とほう》に暮れていたとき、会社からお金をもらった人たちのことを想像した。「これで暮らせる」と安心し、いろいろと想像を膨《ふく》らませただろう。それから十年……いつか尽きるお金を大事にして、新しい仕事も見つかってうまくいった人たちと、つかってしまった、つかわなければいけなかった人たちがいた。

つかいたくなくたって、家族が病気になったりしたら、新しく子どもが生まれたりしたら、あっという間にお金は出てゆく。悠太《ゆうた》の従兄《いとこ》の家のように、親戚《しんせき》とうまくいかなくなり、変わってしまった家もあっただろう。

お金の存在《そんざい》は、大きい。人を救《すく》うほど、人を壊《こわ》すほど。

それから一週間後、夏生《かお》からショートメールがきた。とうとう青生《あお》が見つかったのか、と思ったが違《ちが》った。魔法使《まほうつか》いが、松本幸生《まつもとゆきお》が、いよいよ危《あぶ》ないという知らせだった。

「いっしょに病院行く?」

という思いがけない問いに、ぼくは一瞬躊躇《いっしゅんちゅうちょ》し、そして返事を送った。

「行く」

「じゃあ、駅で待ち合わせよ」

夏生《かお》と会えば、いろいろな記憶《きおく》や思いがよみがえるのはわかっていたが、それでも会わずにはいられなかった。

ぼくは加害者で被害者《ひがいしゃ》、夏生《かお》は被害者で加害者だった。すべては悪い大人のせいで、ぼくらは何も思いわずらうことなく仲良くしよう——なんて言えたらよかったが、それはもう無理だった。五歳《さい》と六歳ではないのだ。

いっそ何もかも忘《わす》れたいと思ったが、あの夏の日の眩《まぶし》さも影《かげ》も強く心に焼き付いていて、忘れることなどできなかった。

海角《みづの》駅から三駅となりの、同じように海辺の小さな駅の改札口で、夏生《かお》は待っていた。珍《めずら》しくノースリーブのワンピースで、つば広の帽子《ぼうし》を被《かぶ》っていると、青春18きっぷのポスターみたいだった。

「来てくれてありがとう」

夏生《かお》は言った。「元気だった?」

「うん」

まるで夏休み明けのクラスメイトのような会話をしながら、ぼくらは病院行きのバスに乗った。

「いいのかな」

「思う」

「なにが?」

「家族でもないのに、お見舞《みま》いに来て」

「いいんだよ。来てくれたら喜《よろこ》ぶ」夏生《かお》は言った。「と、思う」

ぼくらは他に乗客のいない車内で、一番後ろの席の、はじとはじに座《すわ》った。

「あのさ……」

ぼくはいろいろ聞きたいことがあった。あの事故《じこ》の後、夏生《かお》と青生《あお》がどう暮《く》らしてきたのか、そして双子《ふたご》だった二人が、どうして離《はな》れていったのか。その他にもいろいろとあったが、まず、一番聞きたかったことを聞いた。

「アイラはどうしてるの?」

夏生《かお》がぼくの顔を見て、バッグについているアイラを見た。思い出してから、ずっと気になっていた。あの大きな優《やさ》しいクマの中に入っていた人はどうなったのだろう。元気にしているだろうか……しかし、夏生《かお》はあっさり言った。

「死んだよ」

「えっ?」

ぼくは思わず大きな声で聞き返した。

「あのとき、もう六十過《す》ぎてたからさ。真夏のぬいぐるみに入るなんて、無理な話だったんだよね」

「ああ……」

「でも、『やる』って言ってくれて。『ガスの谷でボンベ背負《せお》って働いてたときに比《くら》べれば大したことねえよ』『若《わか》のためならやるよ』って」

「若？」

「おっちゃん……本当の名前も知らないんだけど、ユキオおじさんのこと『若』って呼《よ》んでた。あたしのことは『嬢《じょう》ちゃん』、青生《あお》のことは『坊《ぼっ》ちゃん』。変な人でしょ」

夏生《かお》と青生《あお》の曽祖父《そうそふ》が、その人の父親を戦争中に助けたのだと夏生《かお》は言った。

「採掘所《さいくつじょ》を脱走《だっそう》したとこを、家にかくまって食べ物あげたんだって」

ぼくはその人の素性《すじょう》が大体わかった。島の歴史《れきし》、アザクラの社史で読んだのだ。

戦争中アザクラの採掘所では、中国や朝鮮半島《ちょうせんはんとう》から連れてこられた人たちが、酷《ひど》い働かされ方をしていた。食べ物は日本人より少なく、ガスの濃《こ》いところや地盤《じばん》の悪いところに行かされ何人も死んだ。逃《に》げ出《だ》して連《つ》れ戻《もど》されて、もっと酷い目にあったり、海を渡《わた》って逃げようとして溺《おぼ》れ死《し》んだ人もいたという。

ぼくを肩車《かたぐるま》してくれたアイラは、そういう人の息子《むすこ》だったのか。いったいどんな気持ちで、はしゃぐ子どもを、会社の社長の子を肩にのせていたのだろう？

「その後、体壊《こわ》しちゃった。もともと、肺《はい》やられてたしね」

夏生《かお》は両手でぎゅっとアイラを握《にぎ》りしめた。

「ごめん。聞きたくなかったね、こんな話」

ぼくがずっとうつむいているので、夏生《かお》が謝《あやま》った。ぼくは首をふった。

なぜだろう。憎《にく》む気持ちが湧《わ》いてこない。青生《あお》以外には。

むしろ、会いたかった。あのサーカスのような、不思議なキャラバンのような一団《いちだん》にまた会いたいと思ってる。ずっと。青生《あお》だって、あの日の青生《あお》なら会いたい。

「会いたかったよ」

もし、ぼくがお父さんの息子ではなく、幸島《さちのしま》に生まれていたら、夏生《かお》や青生《あお》と同じ学校に行っていたら、せめて悠太《ゆうた》のように遊びに来たことがあったら……。

「ぼくの友達で、悠太《ゆうた》ってやつがいるんだけど、お母さんの実家が幸島《さちのしま》なんだ」

「へえ……」

「あの爆発《ばくはつ》のとき、島にいたんだって」

「えっ？」

「だから、お母さんもすごく心配したし、親戚《しんせき》の人たちもすごく混乱《こんらん》したって」

「そうだろうね。混乱どころじゃなかったよ」

「うん。みんな大変だったし、従兄《いとこ》も変わっちゃったって」

「変わったって、どんなふうに？」

ぼくは悠太《ゆうた》から聞いたことを話した。ときどきバスのエンジン音がうるさくて聞こえないので、夏生《かお》は席をうつって、ぼくのとなりに座《すわ》った。

「その従兄《いとこ》が、『俺《おれ》はあの双子《ふたご》と知り合いなんだ』って自慢《じまん》してたらしいよ」

「……バカじゃない？」

夏生《かお》は顔をしかめたが、ぼくは言った。

「なんで？　自慢《じまん》じゃないか。強くてかっこいい奴《やつ》、あと……きれいな女の子と友達だっていうのはさ」

「だれかとコネあるなんて自慢、ダサくない？」

「そりゃそうだけど……」

話が途切《とぎ》れ、夏生《かお》はまた窓際《まどぎわ》の席に戻《もど》った。

そうだ。「俺は○○とダチなんだぜ」なんて自慢、ヤンキー――しかも弱いヤンキー――みたいでカッコ悪いことこの上ない。勝手にそんなことに名前を出されて、いい気分はしないだろう。

「でも、やっぱり自慢だったと思う」

「はあ？」

「自分たちの仲間から、みんなが一目置くような人間が出たら、嬉《うれ》しいよ。ぼくだって幸島《さちのしま》の子だったら、『やった！』って思ったと思う」

夏生《かお》は、ため息をついた。

「全国区のスポーツ選手や芸能人《げいのうじん》ならともかく、地元のケンカ自慢とご当地アイドルだよ？」

「ご当地だっていいじゃないか。親しみやすくて……ケンカだって、強かったらいいなって、みんな憧《あこが》れるよ。ぼくだって……」

「あんたはそのままでいいじゃない」

「…………」

夏生《かお》はぼくを見て笑った。「そのままでいいよ」

それは、今日初めての笑顔《えがお》だった。

「次は海星堂《かいせいどう》病院前――」

というアナウンスに、夏生《かお》は「次とまります」というボタンを押《お》した。

大きな坂の上に立つ病院の前で、ぼくらはバスを降《お》りた。坂の上からは海辺の街と、線路と駅、そして海と島が見えた。絵のような眺《なが》めに、ぼくは思わずスマホで写真を撮《と》った。

「行こう」

「うん」

病院の受付で、夏生《かお》は面会人が書く紙に、慣《な》れた調子で記入していった。「続《つづ》き柄《がら》」の欄《らん》は「家族」に○をし、「面会人代表」に自分の名を書き、「合計人数」は「二人」、そして「他の家族」という選択《せんたく》のところで「弟妹《ていまい》」に○をした。その弟妹は、いつもは青生《あお》だったんだろうと思った。

いっしょに手を消毒《しょうどく》し、使《つか》い捨《す》てのサージカルマスクをつけ、不織布《ふしょくふ》のガウンを着た。夏生《かお》はすべての動作が素早《すばや》く慣《な》れていて、何度もやっていることがわかった。慣れないぼくがもたもたしていると、後ろのボタンをとめてくれた。

「あ、ありがと」

「うん」

最上階でエレベーターを降《お》り、廊下《ろうか》の奥《おく》の狭《せま》い部屋で、四十代くらいの男の人がベッドに眠《ねむ》っていた。

やせて眼《め》はくぼみ、ほおがこけ、ターバンのようなニット帽《ぼう》の下はおそらく髪《かみ》が抜《ぬ》けているのだろう。でも、すぐにわかった。あの魔法使《まほうつか》いだと。

夏生《かお》が耳元に顔を近づけ、

「来たよ」

とマスクごしにささやいた。その言葉に、魔法使いは、ゆっくり目を開けた。ぼくを見てかすかにほほ笑《え》む。

ぼくは胸《むね》がしめつけられた。その笑顔は、あまりに十年前のままだった。お母さんを油断《ゆだん》させ、ぼくを手懐《てなず》け、楽園へ連れていって裏切《うらぎ》った、夏の日のままだった。

「やあ」

管につながれた手が少し上がった。手品の得意《とくい》な長い指——でも今日は、その指は鳴らない。音楽も聞こえず、花火も上がらない。

「こんな格好《かっこう》で、ごめんよ」

かすれた老人のような声で、魔法使いは言った。ぼくは首をふった。病人なんだから仕方ない。魔法も花火も、なくても仕方ない。あの夏が、あってはいけない夏だったのだ。

「罪《つみ》のない子どもをさらったから、バチが当たったんだ」

そんなこと言われても、と思った。

「君には、ずっと謝《あやま》りたかった」

「……だから、手紙を?」

「そうだ。もし、君が何も覚えてなかったら、手紙は捨てられ、ここまで来ることもなかっただろう」

ぼくはその可能性《かのうせい》を考えた。あの日の手紙を、たくさんのDMに紛《まぎ》れたまま……あるいは変なイタズラだと思って捨てていたら、ぼくはここにいない。ぼくはなぜ、あの手紙を捨てなかったのだろう。あのときは、まだ何も思い出してはいなかったのに。

「でも、もし覚えていたら、君の中に何か、残っていたら、僕《ぼく》のところではなくとも、あの島へ、辿《たど》り着《つ》くだろうと思った」

そのとおりだった。ぼくは幸島《さちのしま》を突《つ》き止《と》めてフェリー乗り場まで行った。あのとき、偶然《ぐうぜん》夏生《かお》と青生《あお》に会わなかったら、それで終わっていたかもしれない。

でも、雑誌《ざっし》に告白《こくはく》が載《の》り、お父さんが裁判《さいばん》を起こすと言い出し……ぼくは、もし夏生《かお》と青生《あお》に出会わなかったら、裁判で証言《しょうげん》したんだろうか？　そんな可能性《かのうせい》もあったかもしれない。『いばら姫《ひめ》』の絵本を読んだときのように、幾《いく》つもの少しずつ違《ちが》うパターンが頭の中で再生《さいせい》された。でも……。

「恐《こわ》い思いを、させて、ごめんよ」

そう謝《あやま》って目を閉《と》じる魔法使《まほうつか》いの顔に、ぼくは思い出した。あの遊園地で流れていた陽気な、踊《おど》り出《だ》したくなるような音楽を。ぼくは言った。

「楽しかった」

たった一日だけのハッピーアイランド――。

「ああ、楽しかったね」

魔法使いは笑った。ぼくはその顔に、たまらない懐《なつ》かしさを覚えた。この笑顔《えがお》を思い出した後に、お父さんの言いなりに裁判で証言することなんてできただろうか？

「なんで……」

ぼくは言った。

「あんな酷《ひど》い計画……子どもを誘拐《ゆうかい》して、あんなところに置いてこうなんて……」

「あんなところ？」

夏生《かお》が言った。マスクの上の目に涙《なみだ》が浮《う》かんでいた。

「あんなところにしたのはだれよ！」

弱々しい手が、夏生《かお》を制《せい》した。

「君と、初めて会ったときのことを覚えてるかい？」

「あの、幸島《さちのしま》に行った日じゃ……」

夏生《かお》も意外そうに、伯父《おじ》の顔を見た。

「ちがうの？」

「ちがうよ」

魔法使いはぼくらに言った。そして語った。

ぼくと初めて会ったのは、幸島《さちのしま》の事故《じこ》より何か月も前の、子ども向けのイベントだと。手品やジャグリングをする魔法使いを、ぼくはお母さんのひざの上で見ていたと。

「知らない。覚えてないよ、そんなの」

「そうだろうね。その日はただ、それだけだったからね。次に会ったのは事故の一か月前、肌寒《はだざむ》い人気《ひとけ》のない公園で、君とお母さんは二人きりだった……」

ぼくは突然《とつぜん》、思い出した。


家の近所の公園。寒い日で、ぼくらのほかに人はいない。ベンチに座《すわ》っているお母さんの顔は、すごく疲《つか》れている。昨日もぼくのことで、お父さんに怒《おこ》られたからだ。とても、いい小学校には入れそうもないぼくのことを。

お母さんの足元に、なにかが転がってくる。銀色の丸いつつ。ジャグリングで使う道具だ。ぼくは、それを拾い上げる。

「ありがとう」

男の人にそう言われて、ぼくはえへへと笑う。ほめられて嬉《うれ》しい。男の人はお母さんに、「いい子ですね」と言う。お母さんは涙《なみだ》ぐむ。

「どうしたんですか？」

男の人が話しかける。お母さんに手品を見せて笑わせる……。

「あなたのせいじゃない。あなたは、がんばってる。よくやってる」

お父さんとちがって、お母さんをほめてくれる。自分を責《せ》めていたお母さんを慰《なぐさ》めている、優《やさ》しい背《せ》の高い魔法使《まほうつか》い――。

わかった。

だからぼくは、あの島に行って、一人で知らない大人たちの中にいても、怖《こわ》くなかったんだ。だって、知らない人じゃなかった。魔法使いは、お母さんを笑顔《えがお》にしてくれるいい人だから、安心して、信じていいんだと思った。

「君は小学校の受験塾《じゅけんじゅく》で悪くない成績《せいせき》だった。でも人見知りで、初めての場所が苦手で、緊張《きんちょう》すると何も喋《しゃべ》れなくなる子だった。『だから、この子は無理かもしれない。あの人はもう、受かってもいない学校の指定ランドセルまで買ってしまったのに』と、君のお母さんは言っていた」

お母さんは、その人と話していてほっとしている。安心している。

「君のお母さんは、本当は自分が育ったようなのんびりした環境《かんきょう》で君を育てたいと言っていた。だからぼくは自分の育った島の話をした。海と黒い砂浜《すなはま》と、充実《じゅうじつ》した病院や学校の設備《せつび》。ぼくの妹も、そこで双子《ふたご》を育てている……と」

夏生《かお》が目を閉《と》じていた。魔法使いが、夏生《かお》の手を握《にぎ》りながら言った。

「お母さんは、こう言ったよ。『その島へ、この子を連れていきたい』と」

「！」

ぼくは青生《あおお》に殴《なぐ》られたときのように、頭がぐらぐらした。なんだ、その言《い》い訳《わけ》は？

「は？　なに、それ？　じゃ、あの誘拐《ゆうかい》は、お母さんの願いを叶《かな》えてやったって？」

「……そんなことを言うつもりはない」

「言ってるじゃないか！」

怒鳴《どな》ったぼくに、「やめてよ」と夏生《かお》が立ち上がったが、ぼくは止まらなかった。

「自分は悪くないって？　被害者《ひがいしゃ》だから？　お母さんの願いどおりだから？」

「ちがう……君たち母子を、連れていきたかったのは……」

「ちがうって何がだよ？」

魔法使《まほうつか》いは閉《と》じかけた目でぼくを見た。

「あの事故《じこ》の前の……」

「うるさい！」

ぼくは叫《さけ》んだ。魔法使いが急に、ゴホゴホと咳《せ》き込《こ》み始《はじ》めた。

「おじさん！」

夏生《かお》がナースコールを押《お》した。

ぼくは病室を飛び出した。もう、何も聞きたくなかった。

十年前、なぜ魔法使いたちが捕《つか》まらなかったのかがわかってしまった。

お母さんは、魔法使いのことを警察《けいさつ》に言わなかったに違《ちが》いない。顔や声や、服や車の特徴《とくちょう》も——だから、手がかりがまったくなかったのだ。ぼくはそれを、お母さんの混乱《こんらん》した精神《せいしん》のせいだと思っていた。

でも違う。お母さんは魔法使いをかばった。その代わり、自分のことを責《せ》めた。周りが「悪いのは犯人《はんにん》だ」と言っても、「自分のせいだ」と言い続けた。

だって、実際《じっさい》そうだったから。

悪いのは騙《だま》されたお母さんだ。そして、お母さんが騙されるくらい追いつめられてたのは……ぼくのせいだった。

ガウンを脱《ぬ》ぎ捨《す》て、マスクを捨て、ぼくは一人、病院の外へ出た。真っ青な空の下に連なる街《まち》並《な》み、その向こうに海が見えた。島が見えた。

「幸《さいわい》」という名の島が。

何も知りたくなかった。だれも憎《にく》みたくなかった。

でも、もう遅《おそ》い……。

7 弟子《で し》たち

その後、夏生《かお》から連絡《れんらく》はなかった。

九月も半ば、お母さんが病院から帰ってきてしばらくしたころ、やっとスマホが鳴ったが、夏《か》生《お》ではなく、会いたくない人間からだった。

「裁判《さいばん》では、証言《しょうげん》しません」

駅ビル最上階のカフェでぼくがそう言うと、お父さんは舌打《したう》ちをした。

「まだ、拗《す》ねてるのか」

「は?」

拗ねてるってなんだ、と思った。

「ああ、そうか。ほったらかしにしてた腹《はら》いせに、私《わたし》を困《こま》らせたいんだな」

「ちがいます」

「おまえを、今はやりのヤングケアラーみたいな状態《じょうたい》にしておいたのは悪いと思っている」

今はやりってなんだ。ぼくはお父さんの言葉に、いちいち引っかかった。

「だが、金銭的《きんせんてき》には充分《じゅうぶん》してやったはずだ。そうだ。おまえが行きたいなら、私立でもいいんだぞ」

お父さんがそう言うと、城田《しろた》さんが鞄《かばん》の中から、たくさんの私立高校のパンフレットを出した。

「なんですか、これ?」

「君の偏差値《へんさち》と個性《こせい》に見合いそうなところを集めてみたよ」

城田《しろた》さんには志望校《しぼうこう》のことを話していたので、調べればぼくの偏差値はだいたいわかっているだろう。だが、「個性」ってなんだろう。ぼくの何を知ってるというんだ。今の高校よりちょっと偏差値が高いところ、外国語や海外留学《かいがいりゅうがく》に力を入れているところ、大学に優先的《ゆうせんてき》に入れるところ——ぼくは、それらのパンフレットを押《お》し戻《もど》した。

「別に、今希望してる公立でいいです」

「遠慮《えんりょ》しなくていいんだぞ。ガスの影響《えいきょう》もないってわかったしな」

「社長」

城田《しろた》さんが咎《とが》めるように言い、「ああ、そうだ。もともとないんだよな」とお父さんが言ったことで、ぼくは気づいた。お父さんはぼくのことを、あの事件《じけん》のせいで知的な、あるいは発達に障《しょう》がいがあると思っていたんだ、と。

二重にひどい誤解《ごかい》だった。あのガスは、長年働いていた人たちの運動機能《うんどうきのう》や神経《しんけい》や感覚に影響を与《あた》えていたけれど、知能《ちのう》への影響《えいきょう》は報告《ほうこく》されていなかった。

この人はそれを知らない。医療報告《いりょうほうこく》も、被害記録《ひがいきろく》も、会社の弁護団《べんごだん》に任《まか》せきりで、ちゃんと読んでいないのだ。自分に関わることだと考えていないのだ。

そしておそらく、お母さんと離婚《りこん》した理由の一つがこれなんだと思った。障がいのある子なんて、安桜家《あざくらけ》の子として、自分の跡取《あとと》りとして認《みと》められないからだ。

ぼくは今までで一番、この人が嫌《きら》いだと思った。

「ぼくは今の、自分で決めた志望校《しぼうこう》に行きます」

「まったく。欲《よく》がないな。おまえは環境《かんきょう》に恵《めぐ》まれてるからのんびりしてるが、そんなんじゃどんどん周りに追《お》い抜《ぬ》かれるぞ」

また引っかかった。「環境に恵まれてる」って、そりゃもっと大変な極貧《ごくひん》の家庭と比《くら》べたらそうだろうけど、十年間ほったらかしにしておいた子どもに言うか？

そして、「欲がない」ってそんなに駄目《だめ》なことなのか？

「お父さん」

ぼくは言った。「お父さんは、ちゃんと島の人たちに謝罪《しゃざい》する気はないんですか？」

「なに？」

「急に生活を奪《うば》われて、十年間、苦しんだ人たちに」

そして今後も、家族を亡《な》くしたことや、そのトラウマや、幸島《さちのしま》出身だということで差別されて苦しむ人たちに。

「あれは偶発的《ぐうはつてき》な事故《じこ》だ。充分《じゅうぶん》な補償《ほしょう》はした。これ以上妥協《だきょう》する必要はない」

「充分じゃないです。むしろ十年たって、もっと苦しんでる人もいます。島の外の生活になじめないお年寄《としよ》りとか……」

「じゃあ、島に帰ればいいだろう。もう帰れるんだ」

「そんな簡単《かんたん》に……。前の島とはちがうのに」

お父さんは、はーっと大きなため息をついた。

「おまえは、私《わたし》が完全な悪人で島民が善人《ぜんにん》だとでも思ってるのか?」

「いいえ」

そこまで馬鹿じゃない。というより、人は相手によって変わる。

青生《あお》だって、島から避難《ひなん》した子たちにとってはヒーローだった。松本幸生《まつもとゆきお》だって「善《よ》い人」だと言う人はたくさんいるだろう。それにお父さんだって、自分と同等の相手には、こんな上から目線の馬鹿にしたような態度《たいど》はとらないだろう。

「まったくおまえは、どこまでお人よしなんだ。あの島の人間に、二度も殺《ころ》されかけたようなものなのに」

「……殺したくなるほどのことをしたんだ」

「透馬《とうま》君、それは違《ちが》う。たとえ会社がどんな酷《ひど》いことをしたって……」

と言いかけて、城田《しろた》さんは慌《あわ》てて「相手が『酷い』と思うことをしたって」と言い直した。あくまで相手の感じ方だと。そして、

「暴力《ぼうりょく》は許《ゆる》されない。人を殺《ころ》すことはぜったいに許されないんだ。君がそうやって奴《やつ》らを正当化することはない」

と言った。正論《せいろん》だった。悪いのは幼児誘拐《ようじゆうかい》、殺人未遂《さつじんみすい》、この社会のルールを破《やぶ》った彼《かれ》らのほうだ。だけど――。

「城田《しろた》さんは、島の人たちのお給料がすごくよかったと言ってたけど、それは採掘所作業員《さいくつじょさぎょういん》の人たちだけじゃなくて、管理職《かんりしょく》の人も入れてだよね?」

「あ? ああ」

ぼくはお祖母《ばあ》ちゃんの家に行くとき、車の中で聞いたことを覚えていた。信じていた。

「でも、管理職の人たちはみんな島の外から来た人だったんだね。社史《しゃし》を読んだらわかったよ。景気や業績《ぎょうせき》が悪くなっても、首を切られることもない人はみんな……」

城田《しろた》さんは黙《だま》ったが、お父さんは、ばん、とテーブルを叩《たた》いた。

「まったく、なんなんだ。おまえは、どこでそんな余計《よけい》な知識《ちしき》を入れてきたんだ！」

「地方史だって、今はネットで読めるんだよ」

幸島《さちのしま》はガスで栄え、島民の識字率《しきじりつ》や教育水準《きょういくすいじゅん》が高い分、郷土史《きょうどし》を記したり、採掘所で働く人たちの証言《しょうげん》をまとめていた人がたくさんいたのだ。書かれたものは残る。人が生きた証《あかし》は消えない。

「ちょっと島の人間に関わって洗脳《せんのう》されたんじゃないか？」

「！」

ぼくの中で、何かが壊《こわ》れた。ああ、この人とは決定的に、話が通じない。

「今のおまえとは話が通じんな」

どうやらお父さんも同じ考えだったらしい。ぼくはうつむいて笑った。

「城田《しろた》、帰るぞ」

そう言《い》い捨《す》てて、お父さんは出ていった。城田《しろた》さんも慌《あわ》てて伝票と鞄《かばん》を持ち、

「透馬《とうま》君。社長には、僕《ぼく》からうまく言っておくよ。だから君からも、謝《あやま》ったほうがいい」

と言って去っていった。

「……嫌《いや》だ」

そう言ったが、もう城田《しろた》さんには聞こえなかった。そしてぼくの声は、お父さんには永遠《えいえん》に届《とど》

かないだろうと思った。

　ぼくは一人残されたカフェで、まだ傷《きず》の痛《いた》む左手を右手で握《にぎ》りしめた。この痛みはぼくの痛みだ。ぼくのものだ。ぼくの痛みも、記憶《きおく》も、だれにも代弁《だいべん》させない。だれにも利用させない。

　数日後、城田《しろた》さんから「社長は裁判《さいばん》を起こすのを中止しました」という連絡《れんらく》があった。ぼくというカードが使えないから、勝ち目はないと思ったのだろう。

　そしてもう一つのカードを切るとなると、お母さんを引《ひ》っ張《ぱ》り出《だ》さねばならない。自分に関することや結婚《けっこん》していたときのことを語られるかもしれない。それはさすがに嫌《いや》だったのか、会社のイメージダウンになると思ったか。

　どちらにせよ、ほっとした。

　それからまた一月が過《す》ぎたころ、夏生《かお》からショートメールがきた。


　さっき、ユキオおじさんが亡《な》くなりました。

　伝言を頼《たの》まれました。

「僕《ぼく》を許《ゆる》さないでください。許されないことだから」

　以上です。

　よく聞き取れないところもあったけど、たぶん、間違《まちが》ってないと思います。

なんだこれ……と思った。

「許さないで」なんて言われたら、忘《わす》れられないじゃないか。考え続けるしかないじゃないか！

ぼくは泣いた。

自分のために。そして両親を亡くし、弟が行方不明《ゆくえふめい》になり、伯父《おじ》を亡くした夏生《かお》のために泣いた。ぼくは魔法使《まほうつか》いを弔《とむら》いたかった。夏生《かお》といっしょに棺《ひつぎ》の中に花を入れて見送りたかった。

「もっと遊びたいよ」

「うん、あたしも。もっとここにいたい」

もっと遊びたい。もっといっしょにいたい。もっと、ずっと――。

でも、そんなことはできない。

魔法使いの消えた夜から雨が続いた。三日後に晴れると空の色がちがっていた。

秋だった。夏は終わったのだ。

8 十二番のかなしみ

二学期の中間テストの帰り、ぼくは悠太《ゆうた》と春斗《はると》と図書館に寄《よ》った。

絵本コーナーの棚《たな》に表紙を見せるように立てかけてある本の中に、『いばら姫《ひめ》』があった。ぼくがそれを見ていると、二人が声をかけてきた。

「なんだ、おまえまた『いばら姫《ひめ》』?」

「好きだなー」

「うん」と答えつつ、ぼくは棚に本を戻《もど》した。

「やっぱり十二番て、いいよな」

「じゅうにばん?」

「何それ?」

二人は訳《わけ》がわからないという顔をしたが、ぼくは一番気に入った絵本を、今度本屋で買おうと思った。愛すべき十二番を、そばに置いておきたかった。十二番がいなかったらお姫さまは十五歳《さい》の誕生日《たんじょうび》に死んでいた。十三番の呪《のろ》いを完全に防《ふせ》ぐことはできなかったけれど、死を「眠り続ける」という予言に変えたことで、お姫さまは生き続け、王子と出会うことができたのだ。

ありがとう十二番。

図書館を出て二人と別れ、ぼくはぼくの十二番の魔法使《まほうつか》いに会いにいった。

小児病棟《しょうにびょうとう》は、色紙や折り紙で作ったかぼちゃや黒猫《くろねこ》といったハロウィンの飾《かざ》りに彩《いろど》られていた。

「お久《ひさ》しぶりです。お忙《いそが》しいところすみません」

ぼくは先生と向かい合って座《すわ》った。先生はいつものように、優《やさ》しく聞いた。

「それで今日は、どこか心配が?」

「いいえ。もうここに来ることはないと思ったから。あらためて十年分のお礼を言いたくて」

先生は少し驚《おどろ》いたように、「そうか……」と呟《つぶや》いた。

「先生がいてくれたおかげで、お母さ……母はずいぶん救《すく》われたんだろうな、と思ったので」

先生は首をふった。

「医者の仕事をしたまでだよ」

そう言うと思った。

「普通《ふつう》のお医者さんは、ここまでしてくれないと思います」

そう。それが悪いというわけではない。カヨ先生だって丁寧《ていねい》に診《み》てくれて、親身になって言葉をかけてくれる。村野《むらの》先生は、それ以上なのだ。

「もし、そうだとしたら、学生時代、友達と約束したからかもね。『ぼくらは恵《めぐ》まれているから、次の世代に返さなくちゃな』って。あとは……贖罪《しょくざい》かな」

「贖罪？」

「ああ。あの島は、ずっとアザクラ燃料《ねんりょう》の恩恵《おんけい》で潤《うるお》っていた。でも島で育つと気づかないんだよ。高校へ行くために島の外に出て、初めてあの地方の貧《まず》しさと、その中で城壁《じょうへき》に守られたようにぬくぬくと育っていたことを知るんだ」

島で育つと——村野《むらの》先生は、さらりと言った。

「ガスはいつか枯渇《こかつ》する。だからずっと豊《ゆた》かなままではいられないとは思っていたけど、あんなふうに急激《きゅうげき》に没落《ぼつらく》し、災害難民《さいがいなんみん》のようになるとは思ってもいなかった」

ぼくは壁《かべ》の新聞の切《き》り抜《ぬ》きを見た。先生が最後に海外にいたのは十一年前だった。それ以降《いこう》はこの病院に勤《つと》め、島の子どもたちの定期検診《ていきけんしん》に携《たずさ》わっている。そして、ぼくを診《み》てきた。

「あの、松本幸生《まつもとゆきお》が入院してた海星堂病院《かいせいどうびょういん》って、お母さんが入院して診てもらった病院と同じ系《けい》列《れつ》ですよね？」

「そうだよ」

「先生が紹介《しょうかい》したんですか？」

「そうだ」

村野《むらの》先生は否定《ひてい》しなかった。

なぜ、魔法使《まほうつか》いが引《ひ》っ越《こ》したぼくらの住所を知っていたのか？　なぜ夏生《かお》がこの病院のバス停《てい》にいたのか？　ぼくのスマホの番号や、お母さんの病気のことを知っていたのか？

ぼくは見つけてしまった。松本幸生《まつもとゆきお》が通っていた海角《みづの》高校の同級生のブログだ。

そこには、「海角《みづの》高校・伝説の秀才揃《しゅうさいぞろ》いの七十二期生」の中でも有名だった、生徒会長の松本《まつもと》幸生《ゆきお》と副会長・村野守備《むらのもりび》が文化祭で、肩《かた》を組んで笑っている写真があった。これで大学も同じで、「親しくはなかった」なんてありえない。

先生はそれをぼくに隠《かく》していた。少なくとも、自分からはぜったいに言わなかった。

「先生は十二番の魔法使いだったんですね」

「魔法使い？」

村野《むらの》先生は苦笑いして首をすくめた。「医者は魔法使いじゃないよ」

「あ……そういう意味じゃないです」

ぼくは決して、お医者さんが魔法みたいになんでも病気を治してくれると思《おも》い込《こ》んでるわけではないと言った。そして、本屋で買った『いばら姫《ひめ》』の絵本を取り出した。この絵本の魔法使いは中性的《ちゅうせいてき》で、先生と重ねやすかったのだ。

「十二番の魔法使《まほうつか》いは、お姫《ひめ》さまが死ぬっていう呪《のろ》いを解《と》いてくれたんです」

「十二番？」

「いい魔法使いなんです。一番いい魔法使い……」

「見てもいいかい？」

「どうぞ」

村野《むらの》先生は、ぼくが持ってきた絵本を汚《よご》さないように丁寧《ていねい》にめくった。

「——ありがとう」

ぼくは閉《と》じられた絵本を受け取って言った。

「ね？　先生みたいでしょ？」

村野《むらの》先生はうつむき、じっとひざにのせた自分の両の手を見た。まるで、その手の中に、もう一つの別な絵本があるように。

「無力だね」

「えっ？」

意外な答えだった。最高の賛辞《さんじ》を贈《おく》ったのだから、もっと喜《よろこ》んでくれるかと思っていた。

「無力な魔法使いだね。眠《ねむ》らせることしかできないなんて」

「無力じゃないです。十二番のおかげで、お姫さまは死ななかったんですよ？」

「死ななかっただけじゃないか」

「先生……」

村野《むらの》先生は絶望《ぜつぼう》を吐《は》き出《だ》すようなため息をついた。

「だって結局、百年眠り続けたんだよ。おとぎ話は美しいけれど、目覚めた後が大変だよ。百年たって目覚めた人々が、すっかり変わった世の中で生きていくのは。十二番の力なんて、その人たちのどれほどの救《すく》いになったんだろう」

初めて見る悲観的な村野《むらの》先生の顔に、ぼくはなにも言えなかった。

「非力《ひりき》だ。いつも、死のほんの少し前で止めることしかできやしない」

ぼくはやっと言った。

「止められたら、すごいじゃないですか」

「………」

村野《むらの》先生は黙《だま》って窓《まど》のほうを見た。その目には、涙《なみだ》が浮《う》かんでいるように見えた。

「生き延《の》びた、その後が、大変なんだよ」

村野《むらの》先生の目は窓の横の、壁《かべ》に貼《は》られた写真の子どもたちを見ていた。額《がく》に入った写真や表彰《ひょうしょう》状《じょう》や新聞の切り抜《ぬ》き……新聞記事の見出しは、「九死に一生を得《え》た子どもたち。日本人医師《にほんじんいし》の国《こく》際協力《さいきょうりょく》」とあった。

「彼《かれ》らは不自由な体で、がれきの中で、不安定な情勢《じょうせい》の中で、働いて生きていかなきゃならないんだよ。片方《かたほう》の目や耳や、手や足をなくして、焼けただれた皮膚《ひふ》で――」

「それでも、先生に感謝《かんしゃ》してると思います」

村野《むらの》先生は眼鏡《めがね》をとり、ちょっと目をこすった。

「あの事故《じこ》の後、彼は言った。『どうして他人事《ひとごと》なんだろう。どうして我《わ》が身《み》に、我が子に起こったことのように、考えてはくれないんだろう』と。ぼくは言ったよ。『無理だ。人間の想像《そうぞう》力《りょく》には限界《げんかい》がある。そのときが来るまでは、どんな病気も災害《さいがい》も自分事としては考えられないもんだよ』と。『そうか』と彼は言った。『じゃあ、仕方ないね』と」

「…………」

「『仕方ないね』――ぼくはそれを聞いて、諦《あきら》めたのかと思った」

「…………」

「あんなことを、言うんじゃなかった」

村野《むらの》先生はそう言って、大きな手で顔をおおった。

「……ありがとうございました」

ぼくは診察室《しんさつしつ》を出た。

（生き延《の》びた、その後が、大変なんだよ）

村野《むらの》先生の診察室に貼《は》られた写真は、いつもいつも「その後」の大変さを物語っていた。

ぼくは改めて先生のことが好きだと思った。大きな力に翻弄《ほんろう》され、無力さに苛《さいな》まれながら、自分のできることを諦《あきら》めない――先生はやっぱりぼくの十二番の魔法使《まほうつか》いだった。


王女が生まれて、王と王妃《おうひ》は喜《よろこ》び、祝いの宴《うたげ》に十二人の魔法使いを招《まね》いた。美や優《やさ》しさや賢《かしこ》さや礼儀《れいぎ》正《ただ》しさ……自分たちの子どものために、魔法使いたちから、あらゆる祝福を授《さず》かるために。

だが、王と王妃は忘《わす》れていた。強大な力をほこる十三番の魔法使いのことを。

十三番の魔法使いは、いったい何者だったのだろう？

呼《よ》ばなくていいと思った者。だけど本当に呼ばなかったら、大きな禍《わざわ》いになった者――見くびられた者、いなかったことにされた者、考えたくない災《わざわ》い――。

親たちは、災いに備《そな》えをしなかった。しなくてはいけなかったのに。

自分たちの子どもには、悪いことなど起こるはずがない、起こらないだろう、起こってもなんとかなるだろうという、甘《あま》い予想は裏切《うらぎ》られた。

その日はやってきた。呪《のろ》いはかけられた。

大きな災いが起きてから、大人たちは慌《あわ》てふためく。自分には、自分の子どもには、決してこんなこと起こるはずがない、災《わざわ》いは遠い国、自分とは関係のない国の、かわいそうな子どもの話だと信じている。

ぼくは、先生といっしょに写っていた遠い国の子どもたちを思い出す。やせ細った手足、こけたほお、ねじれた骨《ほね》と、ひきつれた皮膚《ひふ》と、笑わない瞳《ひとみ》。

それから、王子と野《の》ばら姫《ひめ》との御婚礼《ごこんれい》の式が、それはそれはりっぱに挙げられ、ふたりは、世をおわるまで、なに不足《ふそく》なくたのしくくらしました。

岩波文庫《いわなみぶんこ》・完訳《かんやく》グリム童話集《どうわしゅう》（二）訳・金田鬼一《かねだきいち》「野《の》ばら姫《ひめ》」

こんなの嘘《うそ》だ。

部屋に戻《もど》ったぼくは、『いばら姫《ひめ》』の絵本を開いた。

美しく横たわる王女のほかに、何人も何十人も何百人も、眠《ねむ》り続《つづ》けたお城の人々。十三番の魔《ま》法使《ほうつか》いの呪《のろ》いの巻《ま》き添《ぞ》えになった人々――。

ぼくは想《おも》った。王女や王さまや王妃《おうひ》さまとちがって、このお城で働いてた人たちは外に家があったはずだ。家族がいたはずだ。

その人たちは、突然《とつぜん》帰ってこなくなった家族を探《さが》しにいっただろう。そして一夜で変わってしまったいばらの城に入れず、泣いて嘆《なげ》いて、諦《あきら》めるしかなかった。

だれも入れない。だれも百年生き続けることはできない。

呪いの巻き添えだ。王家と魔法使いの確執《かくしつ》なんて知らぬまま、ただ働いていただけなのに。

今日が終われば、明日《あした》も同じ日が来ると疑《うたが》わずに。

でも、明日は来なかった。

ぼくは机《つくえ》の引き出しからノートを取り出し、『いばら姫《ひめ》』のつづきを書いた。

物語は、百年の呪《のろ》いが解《と》けた、その日から始まる。城で眠る人々の、すべての家族と知り合いが死《し》に絶《た》えた百年後だ。


「いばら姫《ひめ》のつづきの話」

城の時間は動き出しました。

人々は、城の外に出ました。

そこには、変わり果てた世の中がありました。

知っている人は、だれもいません。自分の家には、知らない人が住んでいます。

「お母さん、お父さん」

「わたしの息子《むすこ》はどこ?」

人々は、自分の知り合いはいないかと、訪《たず》ね歩《ある》きます。しかし、だれもいません。しかも、城から来た人々の服装《ふくそう》は古く、時代おくれで、

「なんだ、あいつらは」

と、指をさされ笑われました。

そして、あのいばらの城からきた者だとわかると、

「あの気持ち悪い城か」

と言う人もいました。

「不吉《ふきつ》だ。近寄《ちかよ》るな」

人々は驚《おどろ》きました。美しい城はみんなの憧《あこが》れで、そこで働くことは羨《うらや》ましがられていたのに。

いばらの城には、何人もの王子のなきがらが、からまり、ひからびて、ミイラやガイコツのよ

うになっていました。そして、その下には、王子たちといっしょに息絶《いきた》えた者たちのなきがらもありました。

ある王子のそばには、若《わか》い娘《むすめ》のなきがらがありました。その王子は、いばら姫《ひめ》のうわさを聞いて、面白《おもしろ》がって足を踏《ふ》み入《い》れようとしたのです。そんな王子の婚約者《こんやくしゃ》だった娘は、いばらに捕《と》われた王子を、けんめいに助けようとしました。けれど王子の体は動かすことはできず、飢《う》えてやせ細り、目の前で息絶えてゆきました。娘は、そのまま毒《どく》を飲んで後を追いました。


ある王子のそばには、年老いた母親のなきがらがありました。

末の王子は、いつも「うすのろ」「まぬけ」と兄たちに馬鹿にされていました。しかし、あるとき、末の王子は兄たちにこう言われたのです。

「あのいばらの城の中にいる王女を起こしてこい。そうしたら見直してやる」

末の王子は、はりきっていばらの城に出かけました。

しかし、いばらの城は、そんな王子の歯が立つ相手ではありませんでした。帰ってこない末の息子を心配し、いばらの城にやってきた母親が見たものは、棘《とげ》だらけの枝《えだ》にからまれて痛《いた》みに泣《な》き叫《さけ》ぶ息子の姿《すがた》でした。

苦しむ息子《むすこ》のそばで、母親はその手をにぎり、子守歌《こもりうた》を歌い続けました。末王子の周りを虫が飛《と》び交《か》うようになって、やっと歌がやみ、兄王子たちが母親に近づくと、母親はもう息をしていませんでした。

また、ある王子のそばには、年老いた従者《じゅうしゃ》のなきがらがありました。

「王子がいばらに捕《と》らえられたのはおまえの責任《せきにん》だ」

と、仕える王に言われたからです。「王子を連《つ》れ戻《もど》すまで帰ってくるな」と。

従者は年老いた体に鞭打《むちう》って、剣《けん》を振《ふ》るい、いばらを切《き》り裂《さ》きました。しかし、ある日とうとう従者は力尽《ちからつ》き、よろめいた体から振り落とされた剣が、王子の体に刺《さ》さりました。

「おい、起きろ。起きろ！　だれかほかにいないか！」

王子は叫《さけ》びましたが、従者の心臓《しんぞう》は止まっていました。周りにはだれもいませんでした。やがて、その王子の心臓もまた、動くのを止めました。

一方、目をさました王女は、すぐに王子と結婚式《けっこんしき》を挙げました。

王女は幸せでした。しかし王女はすぐに、城の外から聞こえる声に気がつきました。

「家族を返せ！」

「時間を返せ！」

「あるはずだった暮《く》らしを返せ！」

百年の間に、家族や友人が死《し》に絶《た》え、まるで見知らぬ土地に放り出されたような人々は、うまく暮らしていくことができませんでした。心の病になった者も、自ら死を選ぶ者もいました。

「子どものために、呼《よ》ぶべき者を呼ばず、呪《のろ》いを招《まね》いた愚《おろ》かな王め！」

「皿が足りなかったのに、なぜ宴《うたげ》など開いた。見栄《みえ》っ張《ば》りめ！」

そんな声を聞いたいばら姫《ひめ》は、王と王妃《おうひ》にたずねました。

「あの人たちは、なにを怒《おこ》っているの？」

なにも知らず、なにも教えられず、なにも考えなかったいばら姫《ひめ》は、外へ出ようとしました。

しかし、王と王妃は止めました。

「なにも聞くことはない。気にすることはない」

そして王は、城の窓《まど》から、声を上げる人々に言いました。

「おまえたちは自分に罪《つみ》がないとでもいうのか。この城で働くことや城と商《あきな》いをすることで、おまえたちは富み栄えた。ほかの者が土にまみれ、漁や狩《か》りや危険《きけん》な仕事をしても貧《まず》しかったときに、おまえたちはいい暮らしをしていたではないか」

そんな王の言葉に、激《はげ》しい怒《いか》りの声が上がりました。

「こんなことは聞いていなかった」

「ほかよりいい暮《く》らしだって？　ささやかなものだ」

「王さまのような暮らしを望んだわけじゃない」

「どうしてすべてを失わなければならないんだ！」

王さまは首をふって、門を閉《し》めました。

もう声は聞こえません。

高い塀《へい》の向こうの、壁《かべ》の外から叫《さけ》ぶ声など、王や王妃《おうひ》や王女にとって、ないも同じです。


書きながら、ぼくは思った。

百年後に訪《おとず》れた王子は、「ベッドに眠《ねむ》っていた王女」を見初《みそ》める。

だれが城のベッドに寝《ね》かせたのだろう？　王女は高い塔《とう》の糸車のそばでたおれたのだから、塔の床《ゆか》に転がっていたはずだ。老女といっしょに。

王女をベッドに運ぶことができたのは、呪《のろ》いの効《き》かない者――それは魔《ま》法使《ほうつか》いだ。

十二番の魔法使いが、王女を抱《だ》き上《あ》げベッドに寝かせる。

それを冷ややかに見つめる十三番の魔法使いが言う。

「おまえは、善《よ》い事をしたつもりだろう。王女を私《わたし》のかけた死の呪いから救《すく》ったのだからな」

十二番は答える。

「わたしは、大人のせいで死ぬ子どもを救いたいだけだ」

十三番は笑う。

「百年の眠りから覚めた者たちが、百年も世の中から取り残された者たちがどんな苦しみを味わうか、おまえには想像《そうぞう》もつくまい。王女一人の死で済《す》んだはずの災《わざわ》いを、おまえは大勢《おおぜい》の罪《つみ》のない民《たみ》に背負《せお》わせたのだ！」

新たな王女の呪いは、目覚めたときに始まる。人々に憎《にく》まれ、恨《うら》まれるという呪い。


ぼくは呪われた。罪はなかった。たくさんの子どもたちと同じように。


一か月後、松本幸生《まつもとゆきお》が生前に書いた『幻《まぼろし》のハッピーアイランド』が、週刊《しゅうかん》フライヤーの出版《しゅっぱん》社《しゃ》から発売された。

出版前から話題になっていたその本を、ぼくはなかなか買えなかった。きっと事故《じこ》を起こしたアザクラへの恨みつらみが書かれているだろうと思ったからだ。だが、勇気を出して読んでみるとそんなことはなかった。特に本の前半は美しい島の自然と、愛情《あいじょう》に溢《あふ》れた両親のことについて詩のように美しく描《えが》かれていた。

その分、事故が起こってからの後半は辛《つら》かった。避難先《ひなんさき》でも、人々のためにと奔走《ほんそう》していた両親は、娘夫婦《むすめふうふ》——夏生《かお》と青生《あお》の両親の事故死《じこし》にショックを受け、一気にふさぎ込《こ》んでしまう。それでも、遺《のこ》された幼《おさな》い双子《ふたご》のために祖父母《そふぼ》は立ち直り、伯父《おじ》である松本幸生《まつもとゆきお》は働くが、体に異変《いへん》が起こる。

「これは天罰《てんばつ》だ」

と、彼《かれ》は思う。浅はかな復讐《ふくしゅう》のために、罪《つみ》のない母子《おやこ》を苦しめた罰なのだと。

お母さんがこれを読んだらどう思うだろう？　一か月半の入院が功を奏《そう》したのか、お母さんの調子は安定し、パートにも復帰《ふっき》していた。この本の広告《こうこく》は新聞に載《の》り、一時はネットでトレンドにもなった。さすがにお母さんの耳目《じもく》に触《ふ》れないはずはないだろう、とぼくはハラハラしたが、お母さんは本についてなにも言わず、様子も変わらなかった。気づいてないのか、なにも言いたくないのか、もしかしたらすっかり忘《わす》れているのか——ぼくにはわからなかった。

世の中には、忘れたいことを忘れられる人がいる。お父さんもそうだ。その反対に、忘れたいのに忘れられない人もいるし、忘れたくないから忘れない人もいる。

『幻《まぼろし》のハッピーアイランド』は、年をまたいで三か月で七万部を超《こ》えるヒットになった。

一千万円を超える印税《いんぜい》は、本人の遺言《ゆいごん》により幸島《さちのしま》の子どもたちの教育のために使われると、著《ちょ》作権《さくけん》を委託《いたく》された代理人の村野医師《むらのいし》から発表された。

エピローグ

ぼくは春の東京駅の八重洲口《やえすぐち》の前に立っていた。

あいかわらず物凄《ものすご》い数の人々が、忙《せわ》しく行《い》き交《か》っている。平日でさえこうなのだ。夏休みの盆《ぼん》前のシーズンなんて、どれだけの混雑《こんざつ》だったのだろう。だれもが初対面で、だれもが急いでいて、目的の人や列車だけを探《さが》している。他のことなんて目に入るはずもない。

ぼくは道路を渡《わた》って、向かいのリムジンバス乗り場に向かった。

「おはよう」

声をかけられ、知っている顔を見て、普通《ふつう》にほっとする。

「おはよう」

夏生《かお》は長い髪《かみ》に黒いキャップを被《かぶ》り、デニムのジャケットにミニスカートをはき、黒いボストンバッグを肩《かた》にかけ、真新しい大きな赤いキャリーを引いていた。

なんだかKポップのガールズグループのメンバーみたいだ。ぼくがそう言うと、夏生《かお》は「ほめ過《す》ぎ」と笑った。黒いバッグの金具には、アイラが揺《ゆ》れていた。

「来てくれると思わなかった」

「来ていいと思わなかった」

ぼくらは、ほぼ同時に言った。村野《むらの》先生から昨日電話で、「明日《あした》、あの子が出発する。だれも見送る人がいないから行ってくれないか」と言われたのだ。

「でも、友達やマルベリーズの子が……」

「あの子、友達はあまりいないよ。マルベリーズも明日は海角市《みづのし》のイベントのステージだ。ぼくは仕事で行けない。君さえよければ頼《たの》むよ」

「……行って、いいんでしょうか？」

「君さえよければ、行ってほしい」

ぼくは先生に、リムジンバスの時間を聞いた。


「ここって……」

夏生《かお》が、はっとしたように言った。

「あんたが十年前に……？」

「うん」とうなずくと、夏生《かお》の顔が曇《くも》った。

「ごめん。変なとこに呼《よ》び出《だ》しちゃったね」

ぼくは首をふった。仕方ない。成田空港《なりたくうこう》へゆくリムジンバスの乗り場は、八重洲口《やえすぐち》のすぐ向かい側なのだ。

それに、やっぱり嫌《いや》な記憶《きおく》ではなかった。ぼくがリュックの中から本を取り出すと、「あっ」と夏生《かお》が帯を指さして言った。

「五万部突破《とっぱ》？　あたしのより新しい」

夏生《かお》がバッグから取り出したほうには、「三万部突破」という帯が付いていた。

「これで、幸島《さちのしま》の子がやりたいことできるね」

「あたしみたいにね」

夏生《かお》はそう言ってにっこり笑った。ああ、やっぱりこの笑顔《えがお》が好きだ。でも、一年間は見られなくなる。いや、今までだって気楽に会えたわけじゃないけど。

夏生《かお》は本をバッグに仕舞《しま》い、時計を見た。「そろそろバスの時間だ」

「ハッピーアイランドに行くんだね」

「えっ？　ああ、オーストラリアも島といえば島か」

夏生《かお》はオーストラリアに一年語学留学《ごがくりゅうがく》する。〈ハッピーアイランド基金《ききん》〉を使う一期生の一人だ。

「話がきたときは、あたしなんかが……使っていいのかなって言ったんだけど」

「いいんだよ」

「あんたが言うと、説得力《せっとくりょく》あるね」

『幻《まぼろし》のハッピーアイランド』の印税《いんぜい》は80パーセントがハッピーアイランド基金《ききん》に、そして20パーセントが著者《ちょしゃ》の起こした犯罪《はんざい》の被害者《ひがいしゃ》——つまりぼくに入る。

「あの人の、最期《さいご》の言葉だけど……」

ぼくは夏生《かお》に言った。

「ユキオおじさん?」

「うん。君が伝えてくれた。『許《ゆる》さないでください。許されないことだから』って」

「…………」

「最初は、なんだそれ……って思った。『許さないで』なんて言われたら、忘《わす》れられないじゃないか。考え続けるしかないじゃないか」

「……そうだよ。それがあの人の望みだよ」

ぼくの目をまっすぐ見て、夏生《かお》は言った。「あたしたちのことも、許さなくていいよ」

「…………」

そう言う夏生《かお》の目を見て、きれいだと思った。青生《あお》も同じ目をしていた。あんなに酷《ひど》い奴《やつ》なのに。ぼくの魔法使《まほうつか》いの二人の弟子《でし》——ぼくは首をふった。

「もういいよ」

「よくない！」

夏生《かお》は大きな声で言った。通りがかりの数人が振《ふ》り向《む》くくらい、強く。

「あたしも忘れないから。おじさんのしたことも、その理由も」

「…………」

「自分のしたことといっしょに、覚えておくから」

「……いいの、それで？」

「うん」夏生《かお》はうなずいた。

「あたしは、あの日のこと全部忘れない。大好きだった人たちといた夏だから、忘れたくないんだ」

「大好きだった」「忘れたくない」という言葉に、ぎゅっと心臓《しんぞう》をつかまれたような気がした。

そうだ。忘れたくないんだ。あの、ひどく裏切《うらぎ》られたけど、楽しかった夏の日を。

そして夏生《かお》は、こう続けた。

「忘れなくても、考え続けても、わからないかもしれないけど……」

「ぼくも、きっとわかったなんて言えない。幸島《さちのしま》の人たちのこと」

「正直だね」

夏生《かお》は笑った。

「だって、ちょっとした痛《いた》みなら『こんな感じか』って想像《そうぞう》もつくけど、いきなりいろんな物をなくして、いろんな人を亡《な》くして何年も……そんなの簡単《かんたん》にわかるわけないよ」

「うん、そうだね」

夏生《かお》は言った。「あたしも、あんたのことはわからないしね」

「うん」

ぼくらは互《たが》いにわからないと言いながら、なんだか二人とも笑っていた。わかるなんて、簡単に言わなくていいんだ、と思った。

「ああ、そろそろ行かなきゃ」

夏生《かお》はキャリーの取っ手を握《にぎ》る手に力をこめた。腕《うで》に入った筋《すじ》と、ぐっと引き結んだ口元に、その重さが伝わってきた。

「持とうか？」

「いいよ。自分で持てる」

夏生《かお》はキャリーをがたごとと引き、リムジンバスの前まで行くと、車掌《しゃしょう》にスマホのチケットを見せ、キャリーを渡《わた》した。キャリーがバスの下部に仕舞《しま》われた。

「じゃあね」

と言って夏生《かお》はバスに乗《の》り込《こ》み、窓《まど》の向こうから小さく手をふった。

リムジンバスが動き出した。ぼくは遠ざかるバスが見えなくなるまで手をふった。

少し疲《つか》れを感じてバス停《てい》のベンチに座《すわ》ると、となりにだれかが座った。

「『持とうか』じゃねーだろ」

低い声にどきっとして見ると、黒いニット帽《ぼう》を目深《まぶか》に被《かぶ》った男が、ひざの上に手を組み座っていた。まさかと思ったが、手の上にのせた顔はよく見えず、その手は包帯におおわれている。

「あ……お……？」

「ああいうときはな、黙《だま》って持ってやるんだよ」

そう言うなり、男は立ち上がって東京駅のほうに歩き出した。

「待……っ！」

ぼくは男を追って走ったが、駅へと道を渡る信号機で足止めをくらった。

その間に男の姿《すがた》は、波にさらわれたビーチボールのように、どんどん遠く小さくなっていった。

やっと信号が青になり、走って東京駅に着いたときには、構内《こうない》の人波の中に、もう男の姿を見つけることはできなかった。

菅野雪虫（すがの・ゆきむし）

1969年、福島県南相馬市生まれ。2002年、「橋の上の少年」で第36回北日本文学賞受賞。2005年、「ソニンと燕になった王子」で第46回講談社児童文学新人賞を受賞し、改題・加筆した『天山の巫女ソニン1 黄金の燕』（講談社）でデビュー。同作品で第40回日本児童文学者協会新人賞を受賞した。「天山の巫女ソニン」シリーズ以外の著書に、「チポロ」シリーズ（講談社）、『羽州ものがたり』（KADOKAWA）、『女王さまがおまちかね』「女神のデパート」シリーズ（ともにポプラ社）、『アトリと五人の王』（中央公論新社）がある。ペンネームは、子どものころ好きだった、雪を呼ぶといわれる初冬に飛ぶ虫の名からつけた。

装画………ふすい
装丁………大岡喜直（next door design）

海《うみ》のなかの観《かん》覧《らん》車《しゃ》

2024年4月23日　第1刷発行

著者……………菅《すが》野《の》雪《ゆき》虫《むし》
発行者…………森田浩章
発行所…………株式会社　講談社
〒112-8001　東京都文京区音羽2-12-21
電話　編集　03-5395-3535
販売　03-5395-3625
業務　03-5395-3615

印刷所…………共同印刷株式会社
製本所…………株式会社若林製本工場
本文データ制作……講談社デジタル製作

N.D.C. 913 271p 20cm ISBN978-4-06-535297-7

KODANSHA